방랑가 마하의
# 어슬렁여행

방랑가 마하의
# 어슬렁여행

하라다 마하 지음
최윤영 옮김

지금이책

# 차례

일러두기

이 책은 《소설 스바루》 2009년 10월호~2010년 12월호에 연재된 〈방랑가 마하〉와 2015년 6월호~2016년 12월호에 연재된 〈돌아온 방랑가 마하〉를 수정 보완한 것입니다.

인생에서 없어서는 안 되는 것은 무엇인가요? 누군가 그렇게 묻는다면 나는 주저 않고 대답할 테다.

여행이라고.

여행이 좋다. 정확히 말하자면 '이동'이 좋다. 이동하고 있는 나는 뭐랄까, 아주 온화해진다. 머리도 마음도 가벼워지고 기분 좋은 바람이 드나든다.

나의 여행 이동 규칙은 간단하다.

우선 공공 교통수단을 이용한다. 전철이나 버스나 페리, 때로는 비행기도. 렌터카나 자가용은 타지 않는다. 멍하니 있을 수 없으므로. 택시는 경우에 따라 이용한다. 현지의 맛있는 가게를 찾아내는 데는 택시 운전기사가 주요한 정보원이 돼주니까. 책을 읽거나 가이드북을 펼친다든지, 음악을 듣거나 수다를 떨지는 않는다. 오로지 멍하니, 그리고 한가로이. 차창으로 스쳐가는 풍경을 바라보며 이따금 옆 좌석 할머니와 여고생의 세상 이야기에 귀를 기울인다.

마치 목적지가 없는 것처럼. 장소를 정해도 사전 조사는 하지 않는다. 어떤 곳인지 모른 채 새로운 머리와 순수한 마음으로 방문한다.

이것이 여행 시 나의 이동 규칙이다.

라고 살짝 감상적으로 시작해봤으나 사실 별 대단할 것 없는, 단순한 '이동집착'이다.

여행이라 부를 수 있을 만한 어마어마한 이동은 물론이거니와 일상적으로도 이동을 좋아한다. 근처 슈퍼나 버스정류장까지의 이동도 즐겁다. 그러고 보니 집에서도 매일 의자며 쿠션 위치를 꽤 바지런히 이동시키고 있다. 이 또한 타고난 집착 때문인지도 모른다.

도쿄 교외에 살고 있어 일주일에 한 번 정도 도심으로의 이동을 즐긴다. 차 안에서 책을 읽거나 앉아서 조는 일은 절대 하지 않는다. 전철이나 버스 안은 많은 사람들의 일상을 엿볼 절호의 기회. 차량을 둘러보며 인간을 관찰한다. 실로 다양한 사람이 있다. 이상한 아저씨나 불륜 커플도 잘 찾아낸다. 솔직히 전철 내 불륜 커플 관찰은 제법 재미있다. 남의 눈을 피해 시간을 아쉬워하며 밀회하는 두 사람에게 전철은 어느새 자신들의 방. 나이를 먹을 만큼 먹은 여성이 "아잉, 조금만 더 같이 있고 싶어!"라면서 더 나이 먹은 아저씨의 귓불을 꽉 잡아당기는 모습을 본 적도 있다. 이런 장면을 조우하면 역시 이동이란 심오하다 싶은 생각에 그만 감개에 젖는다.

나의 이동집착은 직장생활을 하던 시절에 이미 탄로나 있었다. 하루는 남자후배에게 뜬금없이 "하라다 씨는 참치 같아요"라는 말을 들은 적이 있다. 당시 사내에서 으뜸가는 패셔니스타였던(내 입으로 말하고 다녔지만) 나는 최신상품에 기발한 복장을 좋아해 "M빌딩의 이멜다 여사[사치의 여왕으로 불린 필리핀 마르코스 전 대통령의 부인—이하 대괄호 안의 설명은 옮긴이주]" 또는 "패션으로 사람을 위협한다"는 말을 들은 적도 있으나, "참치 같다"는 말을 들은 건 처음이라 당황스러웠다. 이 구찌 정장의 광택이 참치를 닮았나, 아니면 새빨간 부츠가 참치 붉은 살에 가까운가, 헌데 붉은 살은 참치 뱃살이 아닌가…… 같은 생각에 잠겨 있는데 그가 말했다. "멈추면 죽잖아요." 그때 태어나 처음으로, 참치가 살기 위해 끊임없이 헤엄치며 이동을 지속하는 종임을 알았다.

직장생활을 하던 시절의 이동은 대부분 출장이며 영업, 회의 등 목적이 분명했다. 사흘이 멀다 하고 출장을 가면서도 좋아서 여기저기 쏘다니는 나를 보며 아무래도 주위 사람들은 잘나가는 커리어우먼이 아닌 참치를 연상하고 있었던 모양이다. 그로부터 몇 년 뒤 글쓰는 사람이 되어 본격적인 어슬렁어슬렁 여행을 시작한 이후로는 한층 더 참치에 가까워진 기분이다. 데뷔하고 나서는 내 필명에 대해 "마하의 속도로 이동하기 때문인가요?"라는 질문을 받은 적도 있다. 이후 필명의 유래를 물어온다면 그 말을 이용하기로 마음먹었다.

작년쯤부터 스스로를 '후텐 마하' 즉 '방랑가 마하'로 자칭하기 시작했다. 물론 유래는 〈남자는 괴로워〉의 구루마 도라지로, 후텐 도라 씨다[〈남자는 괴로워〉는 주인공 구루마 도라지로가 전국을 떠돌며 겪는 에피소드를 내용으로 한 세계 최장기 시리즈 영화, 그의 별명인 후텐은 일정한 일이나 집 없이 떠돌아다니는 사람을 일컫는다]. 초등학교 이학년 때 아버지를 따라 영화관에서 1편을 본 이후로 도라 씨는 내 동경의 대상이다. 정처 없이 어슬렁거리다 자연스레 현지 사람들과 정을 나누고, 노린 것도 아닌데 미인이 나타난다. 이 전개를 초등학교 이학년의 시점에서 동경했으니 방랑가로서의 소질은 천성인 듯도 싶다.

그렇지만 대학생 때는 가난해서 여행을 할 수 없었고, 직장을 다니던 시절에는 이전의 궁핍한 생활에 복수라도 하겠다는 태세로 여행지에서는 정신없이 관광하고 쇼핑하는 데 힘썼다. 그런 행위를 하지 않는 여행, 아무것도 정하지 않고 돌아다니는 여행, 현지인들과 대화를 즐기는 여행을 하게 된 건 아주 최근의 일이다. 그러는 사이에 나는 어느덧 시리즈 몇 편째의 도라 씨 나이에 도달해 있었다.

도쿄를 비우는 일이 하도 잦아 편집자도 지인도 연락을 해 올 때면 "지금 어디예요?"가 기본 인사가 되었다. "집이에요"라고 대답했다가 "왜요?"라는 말을 들은 적도 있다. 왜 집에 있느냐는 소리를 듣기에 이르자 본격적으로 '방랑가'라고 불릴 때가 되었음을 깨달았다.

그나저나 방랑여행은 부정기적이고 돌발적으로 시작된다. 따라서 누구에게도 예정을 알리지 못한 채 어느 틈에 나갔다가 어느 틈에 돌아온다. 남편조차 방에 걸려 있는 달력에 매직으로 갈겨 쓴 '이날부터 이날까지 여행' 표시를 보고서야 내가 곧 나간다는 사실을 알 정도다. 혼자서 떠날 때가 많으나 종종 여행 길동무가 있는 경우도. 내가 '로드매니저'라고 부르는 여행친구 오하치야 지린(여행용 이름으로 본명이 아닙니다)에 대해서는 곧 지면을 할애하겠다.

그리고 무슨 일이 있어도 방랑여행에 따라가고 싶다며 씩씩하게 요청해준 두 명의 여인. 편집자 I씨와 W씨가 있다. 여행지에서 만날 것도 없이 아름다운 마돈나가 동행해줄 줄이야. 도라 씨라면 어떻게 반응하려나(내 경우에는 먼저 여행의 일곱 가지 도구 중 하나인 '방랑가 마하 공식 소형가방'을 선물하며 환영했다).

## 방랑여행의 일곱 가지 도구

① 에코백(접을 수 있는 것)
② 소지품 가방(작고 얇은 것)
③ 나만의 젓가락(직접 디자인함)
④ 나만의 슬리퍼(비즈니스클래스용)
⑤ 알람시계(접이식)
⑥ 액세서리 파우치(접을 수 있는 소재)
⑦ 택배용 비닐(캐리어에 덮어씌운다)

☆ 여름에는 부채·해충퇴치 스프레이·룸 스프레이 등도 추가
☆ 겨울에는 일회용 손난로·입욕제 등

방랑여행이 시작되는 계기는 다양하다. 확실한 목적이 없는 여행이라 해도, 방문해보고 싶은 이유는 희한하게도 항상 있다. 어떤 때는 '축제'였다가 어떤 때는 '꽃'이었다가 또 어떤 때는 '시골 기차 타고 싶다'였다가. '보고 싶은 그림'인 경우도 자주 있다. 예전에는 업무차 세계 각국 및 일본 방방곡곡의 미술관을 돌아다녔다. 그래서 어느 미술관에 어떤 소장품이 있는지 잘 알고 있다. 좋아하는 작품을 보러 지방을 찾을 때면 옛 친구를 만나러 가는 느낌이라 설렌다.

　그리고 가장 빈도 높은 계기는 역시나 향토 요리다.

　이번 연재의 시작에 맞춰 어디든 좋으니 우선 취재를 나서게 되었는데(취재인데 '어디든 좋다'는 것 자체가 이 연재의 본질을 말해주고 있다), 비非방랑가인 두 여성 동행인은 출장지를 (어디든 좋으니 우선) 편집장에게 보고해야 하는 사정이 있어 막연히 도호쿠라는 행선지가 부상했다. 때마침 4월 말이라 히로사키나 가쿠노다테의 벚꽃이 장관이겠거니 싶었던 것이다. 나는 과거 비슷한 시기에 히로사키 성을 두 번 방문했으나 만개한 벚꽃을 보지 못했다. 날씨나 일정이며 숙소에 빈방이 있는지 등 모든 요소를 벚꽃 만개시기에 딱 들어맞게 맞추는 일이 얼마나 어려운지는 이미 검증 완료다. 그 일에 새로이 도전해보자고 결심한 것은 I씨가 갑작스레 매력적인 제안을 해왔기 때문이었다. "히로사키 요리"가 어쩌고 하는데, 그 지역에 최근 평판 좋은 프렌치레스토랑이 있다는 듯했다. 먹성 좋은 것치고 여행지에서의 식사는 그때그때 형편에 따라 하는 터라 가게 포렴의 상태가 좋은지로 점심 장소를 정하는 내게 I씨의 제안은 신의 소리처럼 들렸다. 어쨌거나 "기무라 아키노리 씨가 만든 사과수프를 먹을 수 있다나봐요"라며 방랑여행지 조사결과를 보고해주었으니.

기무라 아키노리 씨라 하면, NHK 방송 〈프로페셔널 직업의 방식〉에 능상해 화제의 인물이 된 사과 농부다. 불가능으로 불리던 완전 무농약 사과 재배에 성공해 그 맛이 감로처럼 달다고 하던가. 그렇다면야 무조건 가서 어떤 맛인지 확인해봐야 하지 않겠는가. 그렇게 참으로 간단하게 목적지가 정해졌다(그리고 벚꽃이 만개했는지는 관심 밖으로 사라졌다).

자, 기념할 만한 〈방랑가 마하〉의 첫 번째 행선지로 히로사키의 '레스토랑 야마자키'를 찾았다. 이미 히로사키 성은 까맣게 잊혀버렸다. 어찌 됐건 기무라 씨네 사과. 그것만 먹으면 된다. 여행의 취지가 다소 바뀌었으나 뭐, 상관없다.

레스토랑 야마자키는 도쿄 도심에 위치한 점잔 빼는 프렌치레스토랑과는 모양을 달리한, 그 지방의 좀 세련된 아주머니들이 모인 티 살롱 분위기. 그러나 결코 좁지 않은 실내는 보기 좋게 만석. 메뉴를 펼치니 '기무라 아키노리 씨의 차가운 사과수프', '기무라 아키노리 씨의 사과콩포트[과일을 설탕에 절인 프랑스 디저트]' 식으로 기무라 씨의 이름이 계속 적혀 있었다. 우리도 그것을 목적으로 왔으니 당연히 기무라 시리즈로 세 가지 요리를 결정. "너무 기대돼요"라며 맛있는 음식을 만나면 무아지경이 되는 I씨. 그녀는 스타일이며 말투나 성격 모두가 참 곱고 섬세한데 음식 앞에서는 체내에 잠들어 있던 아저씨가 눈을 뜨는 '아저씨내장형' 미녀다(이 사실을 한창 여행 중에 알게 되었다). 우리는 처음으로 나온 수프를 한입 먹고는 말을 잃었다.

"……"

모름지기 인간은 정말로 맛있는 음식을 마주했을 때 말문이 막히는 법이다. 산뜻한 사과의 산미와 단맛이 크림 속에서 서로 어우러져 혀 위로 쭈욱. 우리는 아무 말 없이 기무라 씨의 수프를 피가 되고 살이 되고 뼈가 되게 먹었다. 그리고 기무라 씨의 사과잼과 기무라 씨의 사과 가린토[막대 모양의 전통과자]를 빼먹지 않고 구매했다.

아, 그러고 보니 벚꽃도 피어 있었다. 활짝.

갑작스럽지만 전부터 나를 괴롭히던 한 가지 의문을 여기서 물어보고 싶다.

'고양이혀'의 반대말은 뭘까?

설마 '개혀'는 아니겠지? 그렇다고 '쥐혀'도 아닐 테고.《고지엔》사전을 펴서 읽어보니 '(고양이는 뜨거운 음식을 싫어한다는 데서 유래해) 뜨거운 것을 못 먹는 일. 또는 그런 사람'으로 풀이되어 있다. 내 지인 중에도 "나는 고양이혀라서 후후 불어서 식히지 않으면 커피를 못 마셔요"라는 남자(30세)가 있는데, 나는 완전히 그 반대, 이른바 '역逆고양이혀'의 일본 대표라 자칭하고 있다. 뜨거운 음식을 얼마나 좋아하는지를 누군가에게 전할 때마다 "나는 고양이혀예요!"라는 말에 대적

할 임팩트 있는 한마디가 필요하다고 생각하기를 오랜 세월. 그리하여 서두의 의문 '고양이혀'의 반대말을 알고 싶었던 것이다.

방랑여행 중에 지금껏 몇 번이나 '역고양이혀'임을 호소하고 싶은 상황을 만났다. 그중에서도 제일은 호텔의 조식 뷔페에서 만나게 되는 "커피 더 드릴까요?" 공격이다.

서비스가 좋은 호텔의 조식 뷔페에서는 한 손에 커피포트를 든 남녀 직원이 애교를 떨며 "커피 더 따라드릴까요?" 하면서 테이블로 다가온다. 나는 이 '반쯤 식은 커피가 남아 있는 잔에 따라주는 커피'가 세계 3대 싫어하는 것 중 하나다. 그래서 늘 "감사하지만 괜찮아요"라며 부드럽게 거절한다. 그런데 뷔페 음식을 가지러 간 사이에 미지근한 커피로 잔이 채워져 있을 때면 분노를 넘어 거의 절망을 느낀다. 할 수만 있다면 자리를 뜰 때 '한 잔 더는 사양'이라 적힌 플레이트로 커피 잔에 뚜껑을 덮어놓고 싶다는 생각이 절실히 든다.

고기구이도 그렇다. 물어볼 것 없이 뜨거운 게 좋다. 미지근한 고기를 상상하는 것만으로도 슬플 정도인데, 독자 여러분 주변에도 한두 명쯤은 분명 있으리라. 이른바 '고기굽기 담당'이. 이 고기굽기 담당에게 걸리면 비싼 고급 고기건 피망이건 파건, 순식간에 다 구워져 순식간에 테이블 가장자리에 놓인 각자의 접시에 배분된다. 한잔하면서 이야기를 나누는 사이, 마치 해변에 떠내려온 나무토막처럼, 끔찍하게도 소스 속에 드러누워 차갑게 식어 딱딱해진 갈비나 로스구이를 만난 적이 있지 않은가. 내 페이스대로 먹을 테니 내버려 둬! 라고 말하고 싶어도 꾹 참을 수밖에 없는(마음이 약하다) 것이 역고양이혀의 고통이다.

'식은 고기가 싫다'는 나의 기호를 역으로 이용해 최근 여행지에서 발명한 것이 '모든 음식의 고기구이화' 작전이다. 왜 료칸[일본의 전통적인 숙박시설] 같은 데서 묵으면 저녁식사 때 뜨겁게 달군 돌이라든지 작은 철판이 나오지 않는가. 거기에 히다규나 야마가타규 같은 좋은 소고기를 올려 지익 구워 먹는데, 나는 고기만 올리는 게 아니라 식은 튀김이나 밑반찬으로 나온 어묵 등을 같이 올려 뜨겁게 데워 먹는다. 때로 생선회도 올려본다. 순식간에 뜨거운 참치스테이크로…… 상당히 취지가 다른 음식으로 변모한 기분이지만. 덧붙여 매번 휴대용 연료와 함께 등장하는 작은 냄비도 모든 요리의 '앗 뜨거 화'를 도와주는 믿음직한 아이템이다.

이렇게 여행지에서는 한층 더 뜨거운 음식을 고집하던 내가 마침내 철판요리만큼 감탄을 자아내는 음식을 만났다. (지금 든 생각이지만, 고양이혀의 반대말로 '철판혀'는 어떨까?) 그게 뭐냐면, 아오모리현 구로이시의 명물 '쓰유 볶음국수'다.

앞의 글에서 내가 섬세한 아저씨내장형이라고 부른 편집자 I씨를 따라 히로사키의 프랑스요리를 실컷 누렸다. 그러는 도중에 "저녁은 구로이시의 볶음국수로 하자"고 결정했다. 나는 어디를 가더라도 가이드북 따윈 절대로 안 가지고 간다. 따라서 지도며 그 지역 명승지도 전혀 머리에 들어 있지 않은 '무'의 상태로 가는데, 대개 번화가로 향하는 택시 운전기사나 역무원들에게 맛있는 음식이나 재미있는 곳을 물어가며 그때부터 어떻게 그 동네를 공략할지를 정한다. 이번에는 시내로 향하는 길을 걸어가면서 I씨가 들고 온 가이드북 속 '구로이시의 볶음국수 거리'를 보고는 "여기다!" 결심한 것이다. 실은 아키타현의 '요코테 볶음국수'와 완전히 혼동하고 있었는데, 내 안에서 아오모리=히로사키=구로이시=아키타=요코테는 반경 2킬로미터 이내 정도의 이미지로 완전히 동일화되어 있었다. 중학교 지리 다시 배우고 와야겠다.

여하튼 "도호쿠 지역 하면 맛있는 볶음국수지! 뜨거운 볶음국수!" 외치며 바동거리는 제멋대로인 나를 여신처럼 자애 가득한 마음으로 받아준 I씨는 "그럼 간식은 볶음국수로 하죠" 하더니 재빨리 눈에 띄는 가게로 "오늘 영업하나요?" 확인 전화를 시작했다. 나로서는 '간식'이라 말한 부분이 신경 쓰였으나 그날 이동 일정의 전철 사정상, 저녁 일곱시까지 오다테라는 곳에 가야 했기에 구로이시에 들른다고 하면 오후 네시부터 다섯시 사이일 게 분명했다. 확실히 그 시간에 먹게 되면 간식이라고밖에 할 수 없는…… 게 아니라 체류 시간이 한 시간밖에 없다고?!

놀랍게도 구로이시에서 주어진 시간은 히로사키에서 전철을 타고 내려서 다시 히로사키행 전철을 타기까지 딱 한 시간뿐이었다. 그리고 눈에 띄는 볶음국수가세에 노착하기까지 편도 도보 십오 분, 왕복 삼십 분. 즉 가게에서 머물 시간은 겨우 삼십 분. 들어가서 자리를 잡고 주문한 다음 볶음국수가 나오기까지 십 분. 십 분 만에 먹고 십 분 만에 차를 마시고 화장실에 들렀다가 계산을 끝내면 모두 합쳐 육십 분. 정신없이 서둘러야만 한다.

뭐 못 할 것도 없지. 그리하여 우리는 구로이시 볶음국수 성 함락 육십 분 한판 승부에 나섰다. 가게에서 삼십 분이면 여유롭네, 뭐. 어쨌든 나는야 철판혀의 최고봉, 뜨거운 음식 금방 해치우는 것쯤은 일도 아니지…… 하고 얕보았다.

그랬는데 말이다.

구로이시역에 도착한 우리는 오로지 목적지인 가게를 향

해 빨리 걸었다. 어찌 됐건 네시 이십분까지는 도착해야 한다. 안 그러면 나중이 괴롭다. 아무 말 없이 우리는 돌진했다. 그런데 "오늘 영업합니다"라고 분명 조금 전 I씨의 문의전화에 시원스레 대답한 가게의 포렴이 이미 내려져 있었다.

"이상하네요. 다시 전화해볼게요." 휴대폰으로 전화를 거는 I씨. 그러자 가게 안에서 따르릉따르릉 공허하게 울리는 전화벨(아마도 검은색 전화기인 듯).

어쩌나…….

I씨와 나는 나나마가리 경찰서의 전하와 고리 씨[나나마가리 경찰서라는 가공의 경찰서를 주요 배경으로 벌어지는 형사드라마 〈태양에 외쳐라〉 속 등장인물]처럼 핏발 선 눈을 마주쳤다. 시간은 자꾸만 흘러간다. 눈앞에 닥친 위기. 다음으로 우리가 해야 할 행동은…… 그 순간 흰 승용차 한 대가 우리 바로 옆에 멈췄다. 소리도 없이 창문이 내려가더니 낯선 남성이 얼굴을 내밀며 말했다.

"볶음국수가게 찾고 계세요?"

음. 삼십대 정도로 보이는 그는 시원시원하니 꽤 미남. "아, 네." 얼빠진 목소리로 대답하니,

"그럼 '미유키'라는 가게가 맛있어요. 저기 돌아서 곧장 가면 왼쪽."

미남은 그렇게 말을 남기고는 바람처럼 사라졌다.

이, 이건…… 신의 사자인가?!

선택의 여지가 없다. 다시 그곳을 목표로 돌진했다. 그리고 근사해 보이는 가게 '미유키'로 들어갔다. 그때가 이미 네시 삼십분. 택시로 역까지 오 분이라 쳐도 남은 시간은 앞으로 이십 분 정도밖에 없다. I씨는 마침내 '주문도 하기 전에 먼저 계산을 끝내는' 거친 기술로 나섰다.

"저는 계산 먼저 하고 택시 부를게요. 마하 씨는 명물 볶음국수 주문하세요!"

"오케이!"

일사불란한 협동 플레이로 명물 '쓰유 볶음국수'를 주문. 사실 이 시점에서 쓰유 볶음국수가 어떤지 제대로 생각하지 않았으나 아무튼 명물이라니까 주문. 빨리 나와라, 빨리 나와라! 안절부절못하고 있는데 "바로 찾으셨어요?" 말을 걸며 지나가는, 눈에 익은 시원한 미소. 이 사람 아까 그 미남이잖아?

이 사람은 무려 미유키의 점장, 무라카미 아키키요 씨였다, 라며 깜짝 놀랄 시간도 없다! 나는 최대한으로 초조해하며 "시, 시간이! 시간이 없어요!" 절규했다. 무라카미 씨는 "네?!" 하더니 주방으로 뛰어 들어가 "빨리 내와요!" 긴급 요청했다. 고작 오 분 만에 쓰유 볶음국수가 나왔다.

아, 그리고…… 그리고 염원의 구로이시 볶음국수는……
아, 아, 앗 뜨거! 어찌나 뜨겁던지, 요 녀석! 세계 제일을 자
랑하는 나의 철판혀까지 마비시키는 뜨거움이다. 갓 튀겨낸
아주 뜨거운 튀김과 걸쭉한 반숙달걀이 올라간 휘황찬란한
볶음국수가 가다랑어 향이 풍성한 육수 속에 봉긋이. 이런
볶음국수는 본 적 없는데, 출발까지 앞으로 오 분. 맛을 볼
새도 없다. 이건 고문이다.

굉장했던 건 I씨의 돌변하는 모습. 프랑스요리점에서는
"저는 천천히 먹으니까" 하더니만, I씨의 먹는 모습은 걸신이
들렸나 싶을 정도였다. "저 뜨거운 거 완전 잘 먹어요!"라며
순식간에 면을 끓는 물 같은 육수와 함께 삼킨다. 이건 좀,
그거, 차가운 중화냉면이 아닌데…… 혹시 I씨 전자파혀인
가?!

결국 I씨는 남김없이 모두 먹었고 나는 역부족이라 조금
남기고서 서둘러 가게를 뛰쳐나갔다. 그런데 또다시 눈앞에
흰 승용차가 스윽. 무라카미 씨가 운전석에서 외친다.

"타세요! 데려다줄게요!"

아…… 무라카미 씨. 당신은 정말로 백마 탄 왕자님…….
덕분에 무사히 돌아가는 전철을 탈 수 있었다.

정작 먹을 때는 맛을 몰랐는데 후에 차근히 생각해보니 쓰유 볶음국수는 정말로 맛있었다. 그리고 완벽한 뜨거움이었다.

"쓰유 볶음국수는 앞으로 전국에 알려질 거예요, 분명."

여전히 시원스러운, 쓰유 볶음국수 개발자 무라카미 씨가 운전을 하며 말했다. 지당하신 말씀. 그 뜨거운 마음이 저릴 정도로 전해졌다. 우리의 혀에.

여행지에서 스에키를 샀다.

대체 무슨 말인지 단번에 이해가 되지 않을 것이다. 스에키란 일본 고대의 하지키土師器 토기, 스에키須恵器 토기라고 할 때 그 스에키다. 꽤 독특하다고 해야 할지, 엉뚱한 쇼핑을 한 기분이다. 여행지에서 식기건조기를 샀다거나 만두 찜통을 샀다든가 하는 수준의 쇼핑이 아니다(그래도 엉뚱하지만). 그 증거로 여행지에서 돌아와 남편에게 "스에키 샀어" 하자 "또 그런 걸……" 하면서 탄식했다. 새 미용기구라도 샀겠거니 여기는 것이다.

나는 여행지에서 이런 '엉뚱한 쇼핑'을 매번 한다. 때때로 생활에도 인생에도 실질적으로 거의 도움이 되지 않는 물건을 부지런히 사들여가지고는 남편을 기겁하게 만든다.

그나저나 스에키라는 건 사전에 의하면 '고분시대 후기부터 나라·헤이안시대에 만들어진 대륙계 기술에 의한 토기. ……아나가마[언덕의 사면을 파고 그 위를 흙으로 덮은 터널형 도자기 가마]를 이용해 고온의 환원염還元炎으로 구워 암청색을 띠는 것이 일반적이다. 식기나 저장용 단지·항아리가 많으며 제기도 있다'고 풀이되어 있다. 오호, 과연. 그렇구나, 하고 이제야 알았을 따름이다. 구매 당시에는 이것이 대체 뭔지 전혀 몰랐으나, 어디선가 들은 적 있는 불가사의한 품명과 미묘하게 감당 가능한 가격(삼만 엔대)이었기에 바로 구입한 것이다.

뭐, 한마디로 말하자면 굉장히 오래된 항아리. 작은 축구공만 한 크기에 동글동글하고 입구 부분이 여기저기 툭툭 이지러져 있다. 근데 그게 또 좋다. 좌우대칭의 균형이 의도하지 않게 흐트러져 운치가 있다. 약간 푸른빛을 띤 회갈색 도자기 겉면이 거슬거슬하니 아름답다. 세련되진 않았으나 고대의 야생적인 맛으로 가득 차 있다.

이렇게 말을 늘어놓고 보니 어엿한 골동품으로 오해할지도 모르는데, 전혀 그렇지 않다. 골동품 같은 것에 대한 동경은 늘 있으나 대체로 여행지에서 눈이 멀어 엉뚱한 쇼핑을 한 결과, 왜 샀는지 잘 모르겠는 희귀품이 어느새 내 집을 서

서히 점거해나가는 모양새다.

　나는 일단 여행을 떠나면 사흘에서 이 주간은 돌아오지 않는데, 그사이에 여기저기에서 구매한 상품을 상자에 담아 내가 없는 집으로 사정없이 보내버린다. 이것을 참고 받아주는 남편은 정말이지 마음이 넓다. 결혼 이십 년, 나와 정반대로 거의 아무 데도 나가지 않는 생활을 지속하고 있는 그는 내가 떠났다는 것은 곧 엉뚱한 쇼핑의 성과가 잔뜩 집으로 보내진다는 것임을 깨닫고 있다. 돌아온 나는 기쁜 마음으로 상자를 열어 남편에게 성과를 자랑스레 내보이는데, "또 그런 걸……" 하며 체념 가득한 반응을 하기는 해도 "그만 좀 사"라고 말한 적은 없다. 남편의 이해 덕분에 여행과 쇼핑을 계속할 수 있는 나는 행복…… 아니, 잠깐. 그저 질렸을 뿐인가?

　여행을 나서면 언제나 생각하는 게 있다.

　여행지에서는 인간의 뇌에 '특이한 건 꼭 사야 해' 생각하게 하는 자극물질이 왕창 흘러. 그거 집 근처에서 팔면 눈에 띄지도 않을 거잖아?! 싶은 이해 불가한 물건을 사버리도록 만드는 게 아닐까. 그건 일종의 생리적 현상으로, 인간으로서의 냉정한 판단력은 홀연 빼앗기고 만다. 이 물질은 특히 여성의 뇌에 많이 흐른다, 고 누군가 말했다. 아, 나인가.

독자 여러분도 아마 여행지에서 경험한 적이 한두 번은 있을 것이다. 집으로 돌아와 짐을 펼친 순간 '왜 이런 걸 샀을까⋯⋯' 싶은 의문을 부르는 쇼핑. 예를 들면 뜻 모를 메시지가 프린트된 티셔츠('기르는 개'라든가 '애인모집 중!'), 지역대표 캐릭터('오키나와의 시사獅子'라든가 '홋카이도의 마리못코리'), 희귀한 맛(바다사자고기 카레나 꽁치아이스크림). 덧붙여두면 나는 여기 예로 든 모든 것을 확인했는데, 가까스로 구매하지는 않았다.

여행지에서 자주 보는 '이런 걸 사는 사람이 있을까⋯⋯' 싶은 것 중 하나로, '언제 입을지 예상 불가능한 옷'이 있다. 그런 옷은 종종 가마쿠라나 가루이자와나 다테시나 등 수도권에서 그리 멀지 않은 리조트호텔이나 관광지 매장에서 판매되고 있다. 대개 호피 무늬나 장미 모양이 모두 뒤섞인 스웨터나 블라우스 및 원피스로, 굉장한 양의 프릴이나 스팽글이 달려 있다. 그런데 가격도 꽤 나간다. 나는 지금껏 이러한 옷이 판매되고 있는 모습을 여러 번 보았으나 그것을 누군가가 사는 장면을 맞닥뜨린 적은 없다. 그래도 전국적으로 판매되고 있다는 것은 전국에 시장이 성립되어 있다는 말이 된다. 이 역시 예의 그 물질이 전국의 엄마들 뇌에 가득해지는 순간을 겨냥해 그물을 치고 있다는 것인가.

내 비장의 '질러버린 엉뚱한 쇼핑 일기'는 일반 공개를 꺼릴 정도의 내용이지만 여기서 그 일부를 수치를 견디고 공개해보겠다.

건전지―뉴욕 지하철에서 중국계 아저씨가 팔고 있었다. 여섯 개들이 한 팩에 1달러란다. 싸잖아! 하며 다섯 팩을 구입. 여행가방이 미묘하게 무거워진 상태로 귀국. 사용하려고 보니 전부 다 닳은 건전지였다.

베이글―이건 굳어진 습관으로, 뉴욕에 갈 때마다 귀국하는 날 대량으로 사들인다. 수하물로 갖고 들어오는데, 양파베이글이 고약한 냄새를 풍겨 세관에서 검사당한 적이 세 번. 프라다 보스턴백을 열자 대량의 베이글이 등장. 세관 직원은 매번 기겁했다.

북―케냐에서 부르는 값(50달러)에 사고 말았다. 자세히 보니 젖소가죽이 붙어 있는 거대한 등유통이었다.

크리스마스트리―캔자스주 시골 꽃집에서 발견. 모조 전나무에 장신구가 매달린 트리가 특가로 딱 29달러. 비행기 환승을 몇 번이나 해야 하는 여행이었는데 가슴에 꼭 껴안고서(50센티미터 정도의 높이로 큰 상자에 들어 있었다), 수하물로 부치라는 승무원의 불평에도 고집을 부려 기내에 들고 타 가져왔다.

강아지 손수레—유아가 타고 노는 강아지 모양 손수레를 런던의 벼룩시장에서 입수. 너무 커서 기내에 반입하지 못하고 부쳤는데, 나리타공항의 회전레일 위에 가장 먼저 등장. 여자들이 "귀여워!" 하고 환호를 질러서 왠지 모르게 만족했다.

흔들의자—나의 '엉뚱한 쇼핑' 역사 중 최대 품목. 마쓰모토에 갔을 때 경애하는 영국인 예술가 버나드 리치가 디자인 감수한 흔들의자를 '마쓰모토 민예가구' 쇼룸에서 발견해, 무슨 일이 있어도 갖고 싶어 사버렸다. 카드를 긁은 직후 "도쿄점에서도 팔고 있어요"라는 말을 들었다. 빨리 말해주지.

이렇게 예를 들고 보니 '엉뚱한 쇼핑'이란 '특별히 여행지에서 그런 것을 사지 않아도……' 싶은 필연성 없는 물건을 사 모으게 되는 행위임을 뼈저리게 느낀다.


그건 그렇고 여기서 스에키로 이야기를 되돌린다.

나는 여행지에서 우연히 엉뚱한 쇼핑을 저지르는 일이 잦지만 엉뚱하지 않은 쇼핑을 하기 위해 일부러 여행을 나선 적도 있다. 이번에도 여행을 떠날 예정은 없었는데 어떤 가게를 방문하고 싶어 돌연 나서버렸다. 기후현 다지미시에 위치한 '갤러리 모모구사'다.

이 가게는 생활잡화점과 공예 갤러리와 카페의 복합매장으로, 도예로 유명한 다지미 교외에 옮겨 지은 오래된 민가에서 영업하고 있다. 이곳에 주재하는 도예가 안도 마사노부 씨는 지금은 중년여성들로 이루어진 팬클럽이 따라다닐 만큼 현대 도예계의 인기 작가다.

처음 모모구사를 방문한 건 일 년 전쯤이었다. '기후에는 다지미 산골에 참으로 멋진 옛 민가 갤러리가 있다는……' 꼭 무슨 옛날이야기 같은 소문을 우연히 듣고서 민예품을 좋아하는 나는 옳거니 이때다 싶어 서둘러 달려갔다. 거기서 만난 것이 안도 씨 그릇이었다.

네덜란드 도자기에 자극을 받아 탄생했다고 하는 안도 작품은 살짝 일그러진 형태에 인정미 있는 겉면과 수수한 색조가 낯간지러울 정도로 좋다. 정신을 차리고 보니 안도 작품뿐만 아니라 엄청난 양의 물건을 구입하고 말았다.

며칠 후 집에 도착한 특대 상자가 두 개. 거기서 나온 수많은 안도 작품과 방석 더미를 발견하고서 남편이 얼마나 놀라던지. "당신은 기후현까지 방석 사러 갔다 온 거야……?" 하며 아연실색했다. 그게 말이야, 수수한 베이지색 모시 커버에 가로가 조금 더 긴 작은 사이즈…… 이렇게 세련된 방석은 좀처럼 못 만난다고! 반론했으나, 방석 같은 거 안 만나도 된다는 듯한 반응이네요, 알겠습니다.

　뭐 어쨌거나 그 뒤 모모구사 전시 알림을 받게 되었는데 '동서고금 생활 도구전'이라는 골동품 전람회를 개최한다는 소식에 신경이 쓰여 마감을 내동댕이치고서 달려가고 말았다. 요즘 나는 '도구'에 빠져 있다. 소쿠리나 무 강판, 튀김용 젓가락 같은 것에 적지 않은 돈을 지불하는 도락을 발견한 것이다. 모모구사에 가면 확실히 아름다운 도구를 만난다! 하면서 신칸센과 간선 전철과 버스를 갈아타고서 다지미까지. 그 시점만 해도 평범한 쇼핑을 하러 갈 생각이었으나.

　거기서 만난 것이 소쿠리도 젓가락도 아닌 '스에키'였다. 그리고 낡아빠져 썩은 나무스툴. 여러 각도에서 감탄하면서 쳐다보다가 오, 이건 운치 있네, 이 스툴 위에 이 스에키를 두면 제법 멋지겠다! 혼자 납득하고는 구입해 집으로 보냈다. 빈손으로 돌아가는 전철을 타고서야 아름다운 도구는 하나도 사지 않았다는 사실을 깨달았지만 뭐, 괜찮다.

　이틀 후에 도착한 거대한 상자에서 나온 스에키와 스툴을 바라보며 "이걸 사러 기후현까지 갔다 온 거야……?" 하고 남편이 탄식했음은 말할 것도 없다. 스에키 대신에 강판이 나왔다고 해도 분명 같은 말을 들었겠지만.

스에키
(3만 2,000엔)

소박한 잎을 꽂아두었다

스툴
(8,000엔)

방석
(도움이 되고 있다)

(장당 4,000엔)

강아지 손수레(아무 도움 안 되지만 귀엽다)

(8,000엔)

'방랑가 마하'라는 호칭으로 일본 방방곡곡을 떠도는 나지
만, 사실 이는 자동차의 한쪽 바퀴다. 나라는 여행자의 소형
트럭(이랄지 리어카)에는 또 하나의 차바퀴가 있어 그 두 바퀴
로 '여행여행여행여행여행……'의 인생을 돌고 있다. 그 또
하나의 강력한 바퀴란 이름하여 '어슬렁여행(정식명칭은 어슬
렁식도락여행)'이다.

어슬렁여행은 오래전부터 내 삶에 깊이 침투해 내 주변에
서는 모르는 사람이 없을 정도다. "어라? 마하 씨가 안 보이
네?" 누군가가 알아차리면 "어슬렁여행 가 있는 거 아냐?"
하고 멋대로 추측하게 마련. 나의 행방불명=어슬렁여행 중
이라는 도식이 성립할 정도다. 앞으로 이 책에 여행 중 겪은

이런저런 기이한 일들을 쓰려고 하니 이 어슬렁여행을 언급하지 않고는 배길 수가 없었다. 그래서 일찌감치 소개하기로 한다.

여행하는 인생의 계기를 가져다준 어슬렁여행 여행자는 두 명. 나와 대학 친구 오하치야 지린. 이미 대학교 일학년 무렵부터 불리던 이 이상야릇한 예명에는 여러 설이 있었으나, 대체 뭐가 어떻게 돼서 이 닉네임에 이르렀는지 이제는 확실치 않다. 그녀는 내게 '오핫쨩', '하', '지린한' 등으로 불리는 데 익숙해져 있다. 남들이 들으면 미스터리한 연예인이라 생각할지도 모르나 그녀는 모 대형 증권회사의 간사이 지방 지사에 근무하는 어엿한 오피스레이디. 대학 졸업 후 근속 이십오 년의 초 베테랑이다. 독신 경력도 이십오 년이다. 초 베테랑 독신이기도 하다.

돌아보면 나는 인간적으로도 직업적으로도 어슬렁여행을 통해 성장했다. 어쩌면 이 오랜 친구와의 여행이 없었다면 글쓰는 사람이 되지 않았을지 모른다.


'어슬렁여행'은 마흔이 되던 해에 돌연 시작되었다. 직접적인 계기는 내가 독립(이라고 하면 폼 나겠지만 실업에 가깝다)한 것에 있었다.

오랫동안 미술에 관련된 일을 했었는데 마흔이 되기 직전에 '인생에서 정말로 하고 싶은 일은 무엇인가?' 생각을 거듭한 끝에 그때까지 다니던 회사를 깨끗이 그만두었다. 특별히 창업할 생각도 없었고, 작가가 되겠다고 그때 결심한 것도 아니었다. 하지만 '아무튼 사십대 이전에 하고 싶은 일을 하고 싶은 대로 하고 싶은 사람과 한다. 한다면 한다!'며 큰소리치고 말았다. 그럭저럭 업계에서 나름대로 직책을 맡으며 나름대로 연봉도 괜찮던 터였다. 도심에 미술관을 오픈하는 큰 프로젝트를 중심으로 앞뒤 가리지 않고 무작정 일했다. 좋아하는 일이었고 보람도 있었다. 그런데 그만둔 것이다.

이건 이것대로 괜찮다, 하지만 뭔가 어긋나 있다. 일생을 걸고서 이룩할 일은 아니라는 생각이 늘 따라다녔다. 이대로 괜찮나? 이것 말고 뭔가 해야 할 일이 있지 않을까? 하고 묻는 소리가 어디에선가 들려왔다. 결국 그 소리에 충실히 움직이고 만 것이다.

그만두고서 확실히 시원하긴 했다. 그러나 동시에 마음에 큰 구멍이 뻥 뚫렸다. 대기업 과장이라는 직책과 그 직책에 이끌려 모였던 많은 직장 동료가 한순간에 사라졌다. 고용센터와 근처 슈퍼 이외에 갈 곳을 잃은 나. 남아도는 시간이 은근히 골탕 먹이는 것처럼 물밀듯 나를 덮쳐왔다. 이런 상황도 충분히 헤아려보고서 그만두었건만 새하얀 일정표를 볼 때마다 '정말로 그만둔 게 잘한 일인가?' 싶어 괴로웠다.

그러던 차에 휴대전화로 한 통의 메일[일본은 휴대전화 번호와 별개로 계정주소를 통해서만 메시지를 주고받을 수 있다]이 도착했다. "도쿄에 놀러 갈 거야. 같이 어디 안 갈래?" 천연덕스럽게 밝은 메일. 그 보낸 이가 오랜만에 연락해온 오하치야 지린이었다.

지금이야 아무렇지 않게 주고받는 휴대전화 메일이지만 2002년 무렵만 해도 아직 어색했다. 내 휴대전화는 두툼하고, 폴더식이 아닌, 거의 노래방 마이크만 한 사이즈였다. 휴대전화 메일이 도착한다는 것 자체가 내게는 신기한 일이었다. 한가한 시간을 주체하지 못하던 차에 삼 년 정도 소식이 없던 오랜 친구에게서 온 메일이었기에 당연히 바로 달려들었다.

그리하여 지린이 도쿄에 왔다. 처음엔 어디를 가야 좋을지 몰라 도쿄관광의 왕도에 따라 도쿄 디즈니시Tokyo DisneySea(마흔의 나이에 지린도 나도 첫 방문)나 오다이바 같은 곳으로 쭈뼛쭈뼛 돌아다녔다. 스스로 원해서 그만둬놓고는 회사가 갑자기 등을 돌려버렸다고 느끼고 있던 나였지만 그래도 충분히 즐거웠다.

오랜만에 만났음에도 우리는 서로 거리낌 없이 아주 자연스레 시시콜콜한 이야기를 하며 자지러지게 웃을 수 있었다. 지린에게 나는 대기업 신분을 잃은 인간이 아니라 속속들이 아는 오랜 친구, 그 이상도 이하도 아니었다. 그 사실이 무엇보다 진심으로 기뻤다. 신분을 잃자마자 썰물 빠지듯 내 주위에서 싸악 사라진 '동료라고 생각했던 사람'이 얼마나 많았는지, 그때 새삼 깨달았다.

친구가 오랜만에 나를 찾아와준 건, 잊을 수도 없는 내 마흔 살 생일이었다. 일부러 맞춘 게 아니라 우연히 그리됐는데, 우리는 디즈니시에 가기 전에 파크하얏트 도쿄의 최상층에 있는 '뉴욕 그릴'에서 점심을 먹었다. 우리가 안내된 자리는 '이 자리에서 프러포즈를 하면 반드시 성공한다'는 도시전설이 떠돌던 일명 '프러포즈 좌석'. 도쿄 도심이 한눈에 내다보이는 굉장한 전망을 갖춘 자리였다.

지금은 그렇지도 않으나, 그 무렵 마흔 살 한가운데 서 있던 지린은 '오사카가 아닌 도쿄의 유행'을 흥미진진하게 여겼다. 그래서 "저 레스토랑의 저 자리에서 점심 먹고 싶다!"는 그녀의 요청대로 예약을 했다. 지금 생각해보면 고급 레스토랑의 프러포즈 좌석에 앉은 나이 먹은 여자 둘이라는 모양새는 참으로 낯간지러운 그림이지만, 한편으로 그런 것도 시원스레 해버릴 수 있는 것이 사십대 두 여자의 힘이라고도 생각한다.

실제로 천하를 얻은 것 같은 장소에서의 점심식사는 기분이 좋았다. 회사를 관두고 거의 반년간 울적하던 기분이 단숨에 해소되는 기분이 들었다. 이십 년 가까이 회사를 다니는 내내 생일이면 회사 동료가 '생일축하 점심'을 챙겨주었다. 그러나 그해 내 생일을 정확히 기억하고서 축하해준 것은 가족 이외에는 지린뿐이었다. 결국 친구는 '생일 선물'이라며 결코 적지 않은 점심값을 계산해주었다. 그리고 말했다. 이렇게 가끔은 둘이서 나오는 것도 좋네.

그렇다. 그 이후로 우리는 사계절마다, 일본 전국으로 떠나게 된 것이다.

처음에는 이즈·하코네 주변을 어슬렁어슬렁. 그리고 벚꽃을 좇아 도호쿠로, 단풍이 물든 교토로, 초여름의 시코쿠로, 여름철 규슈, 홋카이도로, 겨울엔 온천지역으로. 현지의 맛있는 음식을 먹고 아름다운 풍경에 환호성을 지르며 그 지역의 전철과 버스를 갈아타고서 도예공방을 방문하고 민예품을 사 모으며 숙소에 도착해서는 오로지 유유히 어슬렁거리는 여행. 언제부터인가 누가 먼저랄 것도 없이 '어슬렁여행'이라 부르게 되었다.

그러는 사이에 예술 기획이나 기업 브랜딩 일이 조금씩 들어왔다. 여행을 정기적으로 하게 되면서는 여행을 일정의 분기점으로 삼아 열심히 하게 되었다.

'다음 어슬렁여행까지'라는 새로운 생활 스케일을 갖게 된 나는 큰 위로를 받았다. 그리고 그 이후로 경험한 몇 가지 여행이 너무나도 즐거워 잊을 수 없었기에 점차 내가 본 풍경, 만난 사람들과 에피소드를 형태로 남기고 싶다, 문장으로 표현하고 싶다는 생각을 거듭하게 되었던 것이다.

생각해보면 그때 지린이 여행 가자는 취지의 메일을 보내지 않았다면 지금 이렇게 여행에 얽힌 문장을 쓰는 사람이 되지 않았을지도 모른다. 그런 상황을 전혀 의도하지 않았겠지만, 여행에 꾀어내준 친구의 제안에 정말로 고마움이 가득하다.


그런 연유로 지린과의 여행은 이제는 일 년에 네댓 번으로 완전히 내 생활의 일부가 되었다. 앞서 얘기한 '여행의 일곱 가지 도구' 등은 어슬렁여행을 하면서 자연스레 형성된 것이다. 그 외에도 이 여행에 없어서는 안 되는 '어슬렁관습'이 있기에 소개해보기로 한다.

어슬렁스케줄—여행이 시작되기 일주일 전쯤이면 지린이 근처 편의점에서 팩스로 보내주는 간단한 일정표. 손글씨로

'어슬렁여행 in 산인: 대게와 다지마규 먹기·도예공방 순례 돗토리에서 기노사키로 이동해 온천삼매경♨~' 하고 타이틀 및 문구가 쓰여 있다. 그리고 대충 가고 싶은 맛집, 민속공예점, 공방 이름 등이 열거되어 있다. 이게 없으면 어슬렁여행이 시작되지 않는 아주 중요한 서류.

어슬렁복장—숙소에 도착하자마자 갈아입을 궁극의 편안한 의상 겸 유니폼. 티셔츠나 트레이닝복에 낙낙한 바지(허리는 고무줄이나 끈). 원래 가로줄무늬를 좋아하는 내가 가로줄무늬 바지를 모 염가숍에서 구입하자 지린도 "이거 좋네" 하며 같은 것을 샀다. 이후 상의나 하의에 반드시 가로줄무늬를 넣게 되었다. 한번은 상의·하의·파카·양말까지 전부 가로줄무늬로 등장했더니 "우메즈 가즈오[항상 흰색과 빨간색의 가로줄무늬 상의를 착용하는 만화가]"라는 소리를 들었다.

어슬렁회담—여행 마지막 날 저녁식사 후에 숙소 방에서 거행되는 두 정상의 최고로 중요한 회의. '다음 목적지를 어느 지역으로 할 것인가', '다음에 먹고 싶은 음식은 무엇인가', '다음으로 가고 싶은 온천은 어디인가' 같은 내용을 중심으로 협의한다. 우리가 관광함으로써 일본의 지방도시가 활성화되기(아마도) 때문에 기운이 빠지질 않는다. 그럼에도 "뭐, 대충 규슈 방면으로……"라는 적당한 결론으로 끝나는 일도 종종 있다. 그것을 각자 들고 돌아갔다가 일이 바빠져 현실도피하고 싶어지는 쪽이 "○○온천에 가고 싶다!"며 휴대전화 메일로 선공하면 시원스레 결정된다.

그나저나 이 두 여자의 여행은 언제까지 계속될까. 일본 전국에 맛있는 음식이 있고 유명한 온천이 있으며 아름답고 그리운 풍경이 있는 한 끝나지 않을 듯하다. 적어도 둘의 팔다리가 팔팔한 한은.

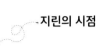

안녕하세요, 갑작스럽지만 오하치야 지린입니다.

마하와는 대학 친구로 알게 된 지 그럭저럭 삼십 년은 족히 지났습니다. 자유업인 작가와 회사원이라는 입장은 다르지만, 여행시기가 되면 각자 살고 있는 간토関東와 간사이関西에서 시간을 조정해 집합 장소에 나타납니다. 대체로 둘 다 전날까지 일에 에너지를 모두 소비하기에 그야말로 필사적으로 말이죠.

그래서 여행 중에는 오로지 멍하니 있는 것에 중점을 두고 있습니다. 오래 알고 지내다 보니 서로의 생각이 스스럼없이 드러나 괜한 신경을 쓰지 않아도 된다는 점 역시 더할 나위 없습니다.

또한 흥미로운 일도 쌓입니다. 특히 온천과 각지의 도자기마을 순례는 필수.

처음에는 사가의 아리타 · 이마리 도자기축제, 오이타의 온타 도자기였습니다. 그리고 아마쿠사의 주호 공방까지, 여기저기 잘도 돌아다녔구나 싶어 스스로도 감탄스럽습니다. 돗토리, 시마네의 유마치 공방이나 슛사이 공방이 둘 사이에서 붐이었던 적도 있습니다.

참, 마시코의 도자기축제는 디즈니랜드에 필적할 만큼 설렘 가득했습니다. 고토 요시쿠니라는 작가의 작품도 있고 맛있는 카페도 있고……

언젠가 마하 집에 놀러 갔을 때 도자기축제에서 모은 도자기를 사용해 코스요리 만찬을 준비해주었습니다. 요리는 다테시나의 요리사가 다테시나 채소를 이용한 마크로비오틱[식품을 있는 그대로 섭취하기 위해 제철음식을 뿌리부터 껍질까지 통째로 먹는 식습관]. 전국의 여행지에서 모은 접시를 보고 있는 것만으로도 반가움과 함께 여행의 추억이 되살아났습니다.

요 몇 년은 여행 횟수가 줄어들었지만 체력이 닿는 한 바지런히 다니고 싶네, 마하.

# 겨울의 맛  5

엄청나게 추위를 타는 사람이지만, 추울 때 일부러 추운 곳으로 떠나고 싶어지는 이유가 있다. 겨울스포츠를 전혀 즐기지 않음에도 한겨울의 극한 지역으로 부리나케 가는 목적은 단 하나. '겨울의 미각=어패류 배 터지게 먹기'를 즐기는 것이다.

겨울철 추운 지방의 어패류가 끝내준다. 굴도 게도 복어도 제철이다. 도쿄에서 먹어도 맛있기는 하나 제철 어패류를 신선할 때 배 터지게 먹을 수 있는 지방으로 떠나는 것은 이 계절, 정말로 가치가 있다.

바로 얼마 전에도 어슬렁여행으로 돗토리 지역을 찾았다. 당연히 게 식도락 여행이다. 내 안에는(간토 사람 대부분이 그렇지 않을까 싶지만) 게=설음식이라는 도식이 있다. 게≒청어 알이라는 도식도 있다. 더 얘기하자면 청어 알≒연어 알, 고로 게≒연어 알……이라는 도식은 성립하지 않나? 아무튼 게=특별히 고급이라 좀처럼 먹을 수 없는 음식이다.

그런데 간사이 사람은 그렇지 않다고 어슬렁여행 공동 주재자인 오하치야 지린이 말한다. 간사이 사람은 겨울이 되면 무려 '카니카니[카니는 게를 뜻하는 일본어] 당일치기 익스프레스'라는 패키지여행으로 여럿이서 전철을 타고 게의 명산지를 다녀온다고 한다. 여름에 수박을 먹는 것처럼 겨울에 게를 먹는 것이 간사이 사람에게는 지극히 평범한 일이라나. 더구나 현지 정보통에 따르면 돗토리현 사람은 이 시기 알을 품은 '암게'를 즐겨먹고 수게의 두꺼운 다리에는 흥미가 없다나. 이 역시 금시초문.

게라고 하면 취재로 방문한 가나자와의 갓포요리[칼과 불을 써서 즉석에서 만드는 고급요리]점 '요시무라'에서 '십 년에 한 번 볼까 말까' 한 일품을 만났다.

방어조림을 먹을까 하고 마음 편하게 카운터 좌석에 앉았는데 요리사 등 뒤로 수수하게 게시되어 있는 메뉴 목록이 엄청나게 눈에 띄었다. '게살볶음밥 있습니다.' 볶음밥이라면 종류를 가리지 않고 좋아하는 나는 곧바로 주문. 이게 미칠

만큼 일품이었다.

눈앞에서 가열한 프라이팬에 달걀을 풀고 밥공기 가득한 밥과 맛국물을 넣고 볶는다. 게살을 듬뿍 아낌없이 투입해 파드득나물과 참깨를 뿌려 큼직한 구타니 사기접시에 봉긋하게 담아 완성.

대단한 맛에 격하게 감동해 바로 모 항공사의 기내지에 '가나자와에 이런 맛있는 요리가……' 하면서 가게 이름을 숨긴 채 기고했더니, 편집부로 한 통의 전화가 걸려왔단다. 전화를 건 사람은 진짜인지 거짓인지 모르겠지만 가나자와 시장. "그 게살볶음밥을 먹을 수 있는 가게 이름이 뭔가요? 접대 때 이용하고 싶어서 그러는데 알려주세요" 하더란다. 이후 가나자와 시장에게 접대를 받을 날을 고대하고 있으나 아직 연락은 없다.

겨울 미각 중 내가 제일 집착하며 열정을 쏟는 것, 그것이 뭔가 하면 '굴'이다.

마침내 내가 굴의 환생임을 각성했을 정도니.

내 전생은 굴. 천하의 악인에게 잡아먹혀 식중독을 일으켜 그놈을 혼내주었다. 그 공적을 인정한 신이 "한 번 정도 인간으로 해주겠다"며 은혜를 베풀어 이 세상에 사람으로 태어났다, 고 말할 정도로 굴이 좋다.

역시 지난겨울의 가나자와 취재 때 노토반도의 아나미즈라는 곳엘 갔다. 알고서 간 것은 아니나 그곳이 엄청난 바위굴 산지로, 때마침 굴축제가 열려 마을 도처에 '굴축제' 깃발이 내걸려 있었다. 그 모습을 보고 내 눈빛이 돌변했다.

그 취재는 문예지의 특집 '철도와 독서'를 위한 것으로 '이즈미 교카[근대 환상문학의 선구자로 불리는 일본의 소설가]를 읽으며 철도를 타다'가 주제였는데(잘 생각해보니 그 주제도 좀처럼 없는 것이었다), 이느덧 '노도철도의 종착역에서 굴을 먹어대다'라는 주제로 바뀌고 말았다.

나와 편집자 A군은 눈에 띈 창코나베[스모 선수들이 즐기는 영양식으로 생선·고기·야채 등을 큼직하게 썰어 끓여 먹는 냄비요리] 가게에 잽싸게 들어가 굴 풀코스를 주문했다. 먼저 훈제굴과 생굴, 굴튀김과 굴밥이 나왔다. 그런 다음 거대한 바위굴이 나왔다. 그것도 두 양동이나. 그것을 숯불에 구워 목장갑을 끼고서 무서운 기세로 열어젖혀 먹는다. 이건 뭐 먹어도 먹어도 끝이 나지 않는다. 나는 열여덟 개 정도에서 결국 포기. 젊은 A군은 내 몫까지 하나도 남기지 않고 모조리 먹어치웠다. 아, 잘 먹었다며 가나자와로 돌아가서는 그날 밤 마무리 음식으로 굴초밥과 굴튀김을 또 먹었다.

그다음 날 낮부터 위가 메슥거렸다. 그날은 오사카에서 온 지린과 합류해 어슬렁여행을 이어가며 한걸음 더 나아가 야마나카 온천의 유명한 료칸 '가요테이'에 머물 예정이었다. 가나자와에서 버스로 한 시간, 료칸에 체크인하자마자 나는 열과 복통으로 픽 쓰러졌다.

아니, 결단코 탈이 난 것은 아니다. 왜냐면 내게는 면역이 있기 때문(굴의 환생이므로)이라면서 이불 속에서 끙끙 신음하다 결국 기대하던 게 한상차림 저녁식사는 허무하게 취소. "아무리 생각해도 너무 먹어서 그래……." 지린도 역시나 어이없어했다.

과유불급. 뭐든 맛있는 식재료는 품위 있게 조금 부족한 듯이 먹어야 그 맛을 아끼며 즐기는 것임을 깨달았다.

하지만 나는 질리지 않았다. 가나자와에서 돌아온 그다음 주에 히로시마에 가서 또다시 굴밥을 배 터지게 먹었다. 그리고 이번에는 몸져눕지 않았다. 그야 나는 굴의 환생이니까.

굴에 이렇게까지 집착하는 한편, 겨울이 제철인 해산물 중에 그다지 감흥 없는 것이 있다. 그것은 '복어'.

복어라는 생선은 굴이나 게보다 고급 식재료로 내 뇌의 잠재의식에 단단히 박혀 있긴 해도, 그 존재 자체가 내 인생에 거의 무관한 채로 사십여 년이 지났다. 그러니 앞으로도 일생 상관없겠지. 그렇다고 해서 쓸쓸하다고는 생각지 않는다. 딱히 허세가 아니라 정말로 참으로 쓸쓸하지 않다. 이렇게 말할수록 허세로 들리지만. 이왕 말하는 김에 덧붙여두자면 트러플이나 캐비아 같은 것도 일생 무관하지 싶다. 그러나 송이버섯은 아주 조금이라도 좋으니 인연을 맺고 싶다.

그럼 복어를 먹은 적이 없냐고 묻는다면, 실은 딱 한 번 도에 넘칠 정도로 먹어보았다. 그때 인상이 너무나도 강렬했던 터라 이후 복어는 내 안에서 금난의 식재료가 되고 말았다. 특별히 복어 맛이 강렬했던 것은 아니다. 그 당시의 상황이 엄청나서 복어 맛을 떠올리려 해도 떠오르지 않는다.

오 년 전 겨울의 일이다.

당시 나는 건축가 동료와 함께 베이징의 어느 도시개발 관련 아트컨설팅을 했다. 쇼핑센터나 오피스빌딩을 짓고서 그 주변에 예술품을 배치하고 싶다는 개발업자와 상담하러 빈번하게 베이징을 방문해 개발회사 사장과 가깝게 어울렸다. 그 사장이 어떤 중요한 인물(후에 공무원임을 알았다)을 접대하기 위해 일본을 방문하는데 내가 안내해줬으면 한다고 했다. 경비는 모두 그 회사 부담에, 떠듬거리긴 하지만 일본어를 할 수 있는 비서가 동행한다는 조건. 물론 기꺼이 수락했다.

사장의 의향은 어쨌거나 그 인물을 기분 좋게 해주고 싶으니 가게와 숙소 모두 일류로 데려갔으면 한다는 거였다. 예산은 거침없이 천정부지. 나는 갑자기 흥분되었다.

오래전부터 가보고 싶고 묵어보고 싶었지만 예산이…… 하며 주저했던 그 가게, 그 숙소에 갈 기회다. 아주 기쁜 마음으로 준비를 시작했다.

그런데 일행이 오기 직전에 접대받을 사람이 꼭 먹고 싶다는 음식이 있다고 비서에게서 연락이 왔다. 그것이 복어였다. 비서는 "후쿠오카에 이름난 복어요릿집이 있으니 그곳에 데려갔으면 한다"고 했다. 다른 건 전부 내게 일임해놓고서 무슨 이유에선지 복어요리점만은 구체적으로 이름을 거론해왔다.

누구에게 물어봤을까. 어지간히도 먹고 싶어서 필사적으로 찾았을까. 태어나 그때까지 제대로 복어를 먹은 적이 없었던 나로서는 오히려 가게 이름을 거론해주어 다행이었다. 그래서 '복어를 먹으러 베이징에서 구태여 후쿠오카까지 오다니…… 요즘 중국인의 파워 대단하네' 하면서 감탄했다.

그리하여 G사장(무리하게 비유를 들자면 영화배우 이시하라 유지로를 닮았다)과 중요 인물 T씨(마찬가지로 영화배우 다카쿠라 켄을 닮았다)와 비서 C씨(또 마찬가지로 배우 칸노 미호를 닮았다)가 왔다. 리무진을 전세 내어 긴자 '규베에'에서 초밥을 먹고 전통 유람선에서 튀김을 즐겼으며 전통극 가부키를 보고서 하코네 '고라카단'에 묵었다. 그리고 유후인 '가메노이벳소'에서 온천을 즐긴 다음 후쿠오카 이와타야백화점의 '이세이미야케'에서 "여기서부터 여기까지 전부"라며 싹쓸이 쇼핑. 마이클 잭슨급 호화관광은 통쾌할 정도였다. 그리고 예의 그 유명 복어요리점으로.

테이블에 앉자마자 메뉴도 보지 않고 "제일 좋은 코스(1인분에 3만 엔) 네 개". 띠듬거리는 일본어로 C씨가 주문했다. 생선회가 나오는 타이밍에 여주인이 주방장을 데리고 갑자기 인사하러 나타났다. 그러자 C씨가 말했다. "질문이 있습니다." "네, 말씀하세요." 여주인이 상냥하게 대응했다. C씨는 돌연 떠듬거리는 일본어로 질문하기 시작했다. "이 생선은 독이 있죠? 먹으면 죽습니까?"

단순하게 궁극의, 그러나 금단의 질문을. 눈앞에서 판도라의 상자 뚜껑이 덜컥 소리를 내며 열리는 것 같았다. 주방장의 얼굴에서 일순 미소가 사라졌다.

하지만 이 사람은 프로였다. 곧바로 진지한 얼굴로 대답했다. "안심하세요, 안 죽습니다"라고 강력하게.

이어서 여직원이 복어의 이리를 들고 왔다. C씨가 내게

"이거 뭐예요?" 물었다. "이리예요." 나는 대답했다. "이리가 뭐예요?" 다시 물었다. 그러니까 그게, 나는 생각을 굴리다가 가능한 한 작은 목소리로 대답했다. "정자예요."

"네, 뭐라고요?" "그러니까 정자라고요." "정자……?" "정자요. 정자. 남자가 갖고 있는 그거요. 아이의 씨앗. 정자입니다. 정자!"

소리치다시피 하는 내 옆으로 여직원이 스윽 다가오더니,

"정자가 아니라 정소입니다."

라고 바로잡아주었다. ……아. 그렇답니다, 네…….

그렇게 일생에 단 한 번(아마도)인 '복어 연회'는 끝이 났다. VIP 세 명에게 신경을 쓴 나머지 모처럼 맛보았는데 기억이

C씨는 정말 미인에다가, 정말 시원시원하게 질문했다.

분명치 않은 것이 지금까지도 유감이다.

연회 다음 날 귀국하는 세 사람을 배웅하러 후쿠오카공항
까지 갔다. 마지막으로 T씨에게 물어봤다. "일본에서 무엇이
제일 맛있었나요?" T씨는 상냥하게 대답해주었다.

"다케시타거리의 라면이요."

일본의 겨울이 제철인 음식. 게, 굴, 복어, 그리고 라면. 이
해할 만하다.

**지린의 시점**

하루는 게살볶음밥 사진 메일이 도착했습니다. 구타니 사기접시에
담긴 그 볶음밥은 그릇의 아름다움에 둘러싸여 귀부인 같은 자태였
죠. "이건 무조건 먹어야 한다. 어슬렁여행으로 가나자와에 갈 때 반
드시 저 가게로!" 하면서 예약을 했습니다.

금요일 밤 일을 마치고 오사카에서 달려가 가나자와 맛집을 만끽
할 예정이었습니다. 그러나 일이 끝날 기미가 보이지 않아 결국 일곱
시 반이 넘어서 오사카를 출발. 마하에게 메일로 "열시쯤 도착하니까
가게에 늦는다고 전해줘"라고 필사적으로 연락을 했습니다.

가나자와역에서 택시를 타고 가게로 직행, 우여곡절 끝에 게살볶

음밥을 만날 수 있었습니다. 확실히 맛은 좋았으나 다 먹고 나니 녹초가 되었습니다. 다음에는 여유를 갖고 다시 한 번 그 게살볶음밥을 먹고 싶네요.

그리고 산속 온천 '가요테이'에서 굴을 너무 먹어서 쓰러진 동행인. 숙소 지배인도 "구급차 부를까요?"라며 걱정할 정도였죠.

덕분에 나는 가이세키요리를 혼자서 경건하게 먹게 되었습니다. 그러나 이 숙소는 어느 유명 작가가 '일본에서 제일 조식이 맛있는 숙소'라고 잡지에 쓴 곳. 조식 때가 되자 동행인은 빈틈없이 컨디션을 회복해 일본 제일의 죽을 먹었습니다. 일본 제일의 조식은 그 명성대로 어슬렁여행 사상 최고의 조식이었습니다. 달걀말이, 염장도루묵구이…… 지금도 기억에 남아 있답니다.

마하는 홋카이도 도카치에서도 새끼발가락을 부딪혀 부상을 입었는데 아슬아슬한 상황에서도 병원으로 향하지 않고 여행을 속행했습니다. 어떤 의미로 강인한 정신력과 엄청난 운의 소유자임을 절실히 느낍니다.

최근에는 취재와 관련된 여행을 나서도 웬만하면 약속을
잡지 않으려 한다. 누군가를 만나기로 약속을 하면 아무래도
그것이 여행의 목적이 되기 쉽고, "취재차 이야기를 들으러
가겠습니다" 하고 요청하면 상대방이 미리 태세를 갖추고 기
다리는 경우도 있다. 현지인들의 평소 생활을 접하며 자연스
러운 이야기를 듣고 싶다면 굳이 약속을 잡지 않고 가는 것
이 훨씬 효과적이다.

나는 한창 여행 중에는 버스나 전철 등의 대중교통수단을
이용한 이동을 무엇보다 좋아한다. 이동하면서 현지인들의
모습을 바라보거나 평범한 수다를 듣는 일이 즐거우니까. 일
상적인 대화에 그 사람의 성격이나 생활방식, 때로는 인생이

스며 나오는 경우가 있다. 나는 햇빛이 드는 창가 자리를 차지하고서 흘러가는 풍경을 바라보며, 사방에서 들려오는 향토적인 대화에서 그 사람의 인생을 상상하고는 한다. 그럴 때 문득 이야기의 단편들이 떠오른다. 그것이 대하드라마나 정교한 추리소설은 못 되더라도 소소한 사람들의 행동 풍경을 그리는 데는 큰 도움이 된다. 어딘가에서 생활하는 누군가의 작고도 사랑스러운 이야기가 내 안에서 싹트는 순간은 이렇게 여행지에서 이동하는 도중에 문득 찾아온다.

자유업의 특권으로 평일 한낮에 이동하는 일이 자주 있다. 그럴 때 현지 버스나 전철 안에서 우연히 마주하는 부류의 사람은 제한적이다. 일반적인 관광객이나 부지런한 비즈니스맨은 드물다. 개인여행 중인 유유자적한 황혼 커플이나 확고한 '철도마니아'는 이따금 있다. 비율이 가장 높은 경우는 현지 고등학생, 그리고 아주머니들이다.

고등학생의 대화는 옛날이나 지금이나 달콤새콤하다. 요즘 지방 여고생은 인터넷이나 홈쇼핑이 발달한 탓인지 아니면 지방도시의 도쿄화가 진행된 탓인지, 도쿄 도심에서 보이는 여고생과 별반 다르지 않은 스타일을 한 아이도 많다. 그래도 일상 대화는 시부야 주변에 많이 모여 있는 여고생들의 대화와는 전혀 다른 듯하다. 몇 년 전 2월, 아직 봄기운이 옅던 도호쿠의 전철 안에서 졸업을 앞둔 여고생들의 대화를 들었다. 두 사람은 미니스커트 교복에 루즈삭스 차림으로, 한껏 도시 여고생처럼 옷맵시를 연출하고 있었다. 한 명이 십대 패션잡지를 무릎에 펼쳐놓았고, 또 한 명은 바로 옆에서 그것을 들여다보았다. 들여다보는 아이가 쉴 새 없이 묻는다. "이 옷 예쁘다. 이런 옷 도쿄 가면 살 수 있겠지?" "네일숍 같은 데 갈 거야?" "어떤 방에 살 거야?" 잡지를 펼친 아이는 웃으며 아무 대답도 않는다. 가느다란 예쁜 손가락이 천천히 페이지를 넘긴다. 나는 두 사람을 지켜보면서, 이미 고향에 남는 아이와 혼자 상경하는 아이일 텐데, 두 소녀의 부러움과 쓸쓸함이 엇갈리는 장면에 공교롭게도 내가 마침 그 자리에 있다는 게 신기했다. 동시에 두 사람의 우정이 언제까지고 계속되기를 기도하지 않고는 배길 수 없었다. 더불어 각자의 인생을 저마다 반짝이며 살아나가기를.

그 외에도 앳된 고등학생 커플, 깜짝 놀랄 만한 미소녀, 얼른 어른이 되고 싶어 안달하며 허세를 부리는 남고생 등, 현지 고등학생의 모습은 아무리 봐도 정말이지 질리지 않는다. 너무 빤히 쳐다보다 이상한 사람으로 여겨 경계할까 봐 무관심한 척 가만히 귀를 쫑긋 세우거나 흘끗 쳐다보며, 지방 고등학생 관찰자로서 눈물겨운 노력을 하고 있다. 역시 이상한 사람인가.

　고등학생보다도 더욱 강렬한 존재가 아주머니 군단이다. 오랜 세월의 경험만큼 정말로 다양한 사람이, 다양한 인생이 있음을 지방에서 아주머니들을 만나면 절실히 느끼게 된다. 특히 전후戰後 일본을 살아온 세대의 아주머니들은 어딘가 씩 씩하며 지금을 즐기는 사람이 많은 것 같다.

　역시 지방 차량 안 아주머니들의 대화에는 무심코 열심 히 듣게 되는 함축성이 있다. 때로는 방언을 알아듣기 어려 워 무슨 말을 하고 있는지 단번에 의미를 이해하지 못할 때 도 있지만 그마저도 음악처럼 귀에 기분 좋게 느껴진다. 언 젠가 버스 뒷좌석에서 세 아주머니가 활발하게 대화를 나누 는 소리가 들려왔다. 아흔 살이 넘은 시아버지를 간병하는 한 아주머니가 그 노고를 거침없이 들려주고 있었다. 시아버 지에게는 경도의 치매가 있어 이따금씩 엉뚱한 말을 해 며느 리인 아주머니를 곤란하게 만든단다. 어느 날에는 "내 기저 귀에 바늘을 넣었구나. 덕분에 기저귀 안이 따끔거린다. 나 를 죽일 작정이냐" 하며 소란을 피우는 바람에, 화가 난 아주 머니는 기저귀를 갈다 말고 발가벗긴 채로 잠시 방치했단다. 그래도 감기에 걸리면 큰일이다 싶어 곧 기저귀를 채웠다면서 깔깔 웃었다. 듣고 있던 두 사람도 그에 호응해 크게 웃었다. 나는 앞자리에서 웃음을 참느라 혼났다. 이 사람 대단하다 생각했던 것은 참으로 고된 이야기임에도 그 모습이 실로 즐거워 보였다는 것. 고령사회가 도래해 노인이 노인을 간호하는 노노개호老老介護가 사회문제로 번지고 있는데 아주머니들의 이 쾌활함은 뭐지. 현실에서 도망치지 않고 다부지게 받아들이는 마음의 깊이, 힘들어도 웃어넘기는 풍부한 정서. 꿍꿍거려봤자 소용없다며 대담하게 나서는 강인함. 아, 아주머니, 제 고민도 들어주세요! 하고 씩씩한 품속으로 뛰어들고 싶어졌다.

시부모와 사이가 좋지 않아도, 남편의 벌이가 시원찮아도, 아주머니들은 활기차게 일상생활을 지탱하며 자신의 지역을 지키고 있다. 다른 지역으로 여행도 가고 실컷 수다도 떨며, 웃고 먹고 목욕하고 가능한 범위에서 돈을 써가며 살짝 '엉뚱한 쇼핑'도 하면서 크게 만족하고는 다시 각자 삶의 터전으로 돌아간다. 어느 지방에 가건 그 지역의 아주머니와 그 장소로 여행 온 아주머니, 양쪽 모두에게 좋은 기운을 받는 내가 있다.

그나저나 며칠 전 궁극의 '아주머니 전당'을 방문할 기회가 있었다. 오이타현 벳푸를 여행했을 때의 이야기다. 복고풍 온천마을에 왠지 모를 아주머니 파워의 기원이 있는 듯한 기분이 들어 여느 때처럼 계획 없이 무작정 떠났다. 그때의 여정도 꽤 '이동'을 중시했기에 일부러 에히메현의 마쓰야마로 가서 거기서부터 전철로 서쪽으로 이동해 야와타하마에서 페리로 약 세 시간 걸려 벳푸에 상륙하는 일정이었다. 그냥 편하게 오이타공항을 거쳐서 가라고 스스로에게 딴지를 걸고 싶어진다.

벳푸에 상륙한 후 편집자 I씨와 함께 시간 단축을 위해 택시를 탔다. "지옥온천 순례는 어디가 좋나요?" 운전기사에게 묻자 "여러 지옥이 있는데…… 다섯시에는 문을 닫는 지옥도 있고 하니 빨리 가는 게 좋지요"라는 생생한 말씀. 지옥에도 폐점시간이 있다니, 와우. 감탄하면서 우선 간나와 온천으로. 거기서 무심코 발견했다. 어쩐지 요란한 간판에 거대한 글자가 들쭉날쭉.

'영센터 본관'

아무리 봐도 심하게 복고풍 시설인데 이 네이밍의 절묘함이란. 새하얀 화장에 가발 쓴 배우, 지방을 순회하는 유랑극단 '극단 화차'의 단원들 사진이 두둥. 이 장소야말로 그 어떤 잡지나 가이드북의 지도상에도 그 모습을 드러내지 않는다는 전설의 아주머니 전당. 온천과 대중연극 쇼를 하루 종일 즐기는 데 딱 1,300엔이라는 오락의 천국 영센터에 우연이라 해야 할지 필연이라 해야 할지, 우리는 다다르고 말았다. "이건 터무니없는 드라마의 냄새가 난다!"며 당연히 들어가보기로 했다.

입구에서 1,300엔을 지불하고 극장으로 향한다. 극장 입구에서 100엔을 더 지불하니 방석을 빌려준다. 좌식 의자는 방석과 세트로, 하루 빌리는 데 300엔이라고 한다. 관람석은 판지를 깔아 높게 만들었는데, 앉고 싶은 장소에 좌식 의자나 방석을 두고서 자리를 확보한다. 무대 바로 앞쪽 관람석에서 보고 싶은 사람은 분명 일찌감치 자리를 잡았겠지. 만원이 되면 천 명 정도는 들어가지 않을까 싶은 느낌. 추운 계절의 평일 대낮임에도 일층 아레나석은 아주머니들로 가득. 오른쪽을 봐도 왼쪽을 봐도 앞에도 뒤에도, 여기도 아주머니 저기도 아주머니, 온통 아주머니 천지. 드문드문 보이는 아저씨가 조금 귀엽게 보일 정도다. 중앙의 무대에서는 이때다 하고 스포트라이트가 탁 비춰지면서 사람을 울리는 장면이 절정으로 치닫는다. 상연 장르는 아무래도 어머니와 아들 이야기. 불량배 주인공이 고향으로 돌아와 겨우 만난 어머니의 품에서 숨을 거두는 장면. 데스메탈 라이브급의 엄청난 음량으로 전통가요가 흐른다. "어머어어니" 하고 한마디 외치고는 허공에 물을 토해내는 주인공(아무래도 이 물은 피의 메타포인 듯하다). 우레와 같은 박수갈채. 이야, 대단하네. 뭐가 대단하냐면, 아주머니가. 이것이 일본극장[1933년에 개관해 1981년에 폐관한 고급 영화 극장으로 반세기 가까이 일본 대중예술을 대표했다]이나 제국극장[일본 최초의 서양식 연극 극장]이었다면 마지막 장면에서는 관객이 미동도 않고 호흡도 멈춘 채 배우의 일거수일투족에 주목했겠지. 그러나 이곳 영센터에서는 무대 바로 앞쪽 관람석에서 연극의 미래를 지키는 정통파 관객이 물론 있긴 하지만, 아주머니들은 앉았다 섰다가 화장실에 갔다가 매점에서 우유도 사 먹고 수다도 떨고 잠도 자는 등, 아무튼 자기들 마음대로였다. 물론 극장 측도 배우도 익숙한지 "앉으세요" "조용히 해주세요" 같은 말을 전혀 않는다. 어쨌거나 화장실도 매점도 관람석 바로 옆에 있어 화장실을 자주 가는 어르신에게도, 먹고 마시면서 오락을 즐기고 싶어 하는 아주머니에게도 친절한 극장인 것이다. 궁극의 장벽 없는 극장이 이런 곳에 있을 줄이야.

휴식시간에도 젊은 배우들이 관람석으로 찾아와 간판배우 히메 긴노스케의 포스터를 나누어주고 간다. 그 바지런한 모습 덕분에 명맥을 이어오고 있는 것일까, 아주머니들로부터

격려의 소리가 날아간다. 가요 쇼가 사식뇌자 관람석을 가로
질러 만든 배우들의 통로에 여장을 하고 모습을 드러낸 긴노
스케, 그의 섹시한 목 언저리에 열광하며 팁을 싼 종이를 던
지는 아주머니. 이 순간의 즐거움을 위해 연금을 모아 이곳
까지 찾아왔을 테지. 영센터에 묵고 있는 것으로 보이는 아
주머니들은 유카타 차림으로 온다. 흰 바탕에 남색 글자로
'영ヤング영영영영', '젊음'을 뜻하는 글자가 가득 프린트된 유
카타가 어쩐지 눈부시다.

배우에게 가슴 설레며 젊음을 되찾는 아주머니들. 대형 버
스로 우르르 와서는 시원시원하게 돈을 쓰고 지역을 활성화
시킨다. 일본의 지방은 틀림없이 이 사람들이 살리고 있다는
기분이 든다. 역시 아주머니는 위대하다. 덧붙여두자면 히메

긴노스케도 요염하며 예뻤다. 남자인데. 어느 쪽이건 본받아
야 할 터.

2010년 《낙원의 캔버스》 집필 취재차, 신작 소설 준비를 위해 파리에서 장기간 머물렀다.

백 년 전의 파리를 무대로 한 예술가들의 모험 이야기를 만들어야겠다고 생각했다. '벨 에포크(좋은 시대)'라 불리던 옛 시절의 흔적이 지금도 도시 곳곳에 남아 있는 파리. 두 달간 체류라 이 도시의 공기를 충분히 호흡하고 예술로 번영한 프랑스 문화를 충분히 맛보고 싶었다. 여행을 하는 것도 좋으나 한 곳에서 몇 주간 머무는 것도 다양한 발견을 할 수 있어 즐겁다. 특히 그 땅 사람들의 생활이나 사고방식을 차근차근 알아보고 싶다면 더더욱.

파리는 그전에도 여러 번 방문했지만 매번 이삼 일 일정,

길어봐야 일주일 정도였다. 나는 오랜 시간 미술 관련 일을 해왔기에 이 도시에 올 때마다 이때다 하고 미술관으로 날아갔었다. 파리에는 현기증이 날 만큼 미술관이 많다. 언제 와도 '이건 꼭 봐야 해!' 생각하게 만드는 전람회를 하고 있다. 게다가 '이건 바로 사야 해!'라며 지갑을 열게 하는 부티크며 가게도 있다. 더구나 '이건 폭풍흡입해야 해!' 하고 무심코 과식하게 되는 레스토랑이나 비스트로, 세련된 디저트가게에라면가게까지 있다. 정말로 욕망이 폭발할 수밖에 없다. 허둥지둥 스쳐지나가기만 하는 여행 말고 일단 차분히 자리를 잡고 내 욕망을 마주해보는 것도 좋겠다, 가 아니라 내 일과 철저하게 마주해보는 것도 좋겠다는 마음으로 장기 체류를 시도했던 것이다.

그런데 내 경우 세계 각국을 여행할 때의 즐거움으로 '꽃미남과의 만남'이 있다.

길을 지나던 젊고 멋진 남자와 갑자기 사랑에 빠진다. 우리에겐 그 어떤 말도 필요 없지…… 하는 그런 운명 같은 일이 일어날 리는 없다. 멀리서 꽃미남을 발견하고서 '저 사람 멋지네……' 하고 넋을 잃고 쳐다보거나 근사한 카페에서 귀여운 남자에게 서비스를 받아 무심결에 팁을 주는 그런 사소한 즐거움이다. 세상의 남성들도 여행지에서 스타일 좋은 금 발 미녀를 발견하면 그것만으로도 이득을 본 기분이 들지 않 나. 여성도 마찬가지다.

세계 각국을 여행하는 와중에 꽃미남 비율이 높다고 느낀 나라가 이탈리아였다. 밀라노나 로마 등에서는 거리를 걷다 가 깜짝 놀라 돌아보지 않고는 배길 수 없는 꽃미남을 마주 치곤 한다. 이목구비가 반듯한 사람뿐 아니라 가죽 블루종을 세련되게 입었거나 선글라스를 멋들어지게 쓴, 그런 꽃미남 도 많다. 실짝 아저씨지만 낡은 청바지를 입은 모습이 묘하 게 잘 어울리는 사람도 있다. 확실히 거리 전체에 모델 지롤 라모 판체타가 넘쳐나는 인상이다.

이 년 전쯤에 중부이탈리아에서 북부이탈리아를 혼자 여 행할 기회가 있었다. 이탈리아 남성은 혼자서 식사하는 여성 을 가만히 내버려두지 않는 듯해서, 혼자세요? 괜찮으면 함 께, 하고 말을 걸어오면 어쩌지 싶어 속으로 싱글벙글하면서 나섰는데 이 주 동안 아침·점심·저녁 내내 혼자서 식사했고 서빙하는 뚱뚱한 아저씨 이외에는 아무도 말을 걸어오지 않 았다. 어이 이탈리아 남자들! 대체 어딜 보고 있는 건가! 괜 히 투덜대고 싶어졌다.

거기에 일격을 더한 건 그 이탈리아 여행 도중에 어느 지방도시 역에서 일어난 일. 그때는 모든 여정을 기차로 움직였는데, 지방 역에는 승강기가 없는 곳이 많아 무거운 여행 가방을 올리고 내리는 데는 남성의 도움이 필요했다. 그때까지 나는 몇 번이나 유럽을 기차로 여행했던 터라 그쪽에서는 그런 상황에 잽싸게 손을 빌려주는 젠틀맨이 반드시 나타남을 학습했었다. 그때도 계단을 내려가려고 지나가는 친절한 남성을 물색했다.

우연히 플랫폼에서 경찰관으로 보이는 두 남성이 담소를 나누고 있는 모습을 발견했다. 게다가 운 좋게도 두 사람 모두 헉 소리가 날 만큼 꽃미남이었다. 지방 역에서 근무하는 경찰관까지도 이 수준일 줄은…… 으음, 하고 탄성을 지을 때가 아니다. 나는 춤을 추고 싶은 것을 꾹 참고 어떻게든 곤란에 빠진 혼자 여행 중인 일본인 여성답게 "스쿠지, 페르 파보레[실례합니다, 부탁 좀 드릴게요]……" 하며 다가갔다. 이어서 "나, 매우 곤란했다. 일본인입니다. 큰 가방 하나가 있습니다" 같은 엉망진창인 이탈리아어로 호소했다. 신기한 장난감이라도 보는 것처럼, 빨려 들어갈 듯한 푸른 눈동자가 물끄러미 나를 쳐다보았다. 저기요 경찰관님, 그렇게 쳐다보지 마세요…… 그런데 두 경찰관은 입을 맞춰 "노"라고 대답했다. 나는 세계 어디에서도 이렇게 불친절한 경찰관을 만난 적은 없었다. 공공장소에서 곤란해하는 게 분명한 여성이 있으면 잠깐 손을 빌려주는 것이 당연지사 아닌가?! 그렇게 말하고 싶었으나 불만을 말할 수 있을 만큼의 이탈리아어 능력도 없었다. 하는 수 없이 터벅터벅 직접 운반하며, 이탈리아를 기차로 혼자 여행하는 짓은 결단코 관두리라 맹세했다. 그보다도 왜 거절당했을까. 아직까지도 그 이유를 생각하기 시작하면 잠이 오지 않을 정도라서 되도록 잘 때는 이탈리아를 여행한 일은 떠올리지 않으려 하고 있다.

파리에 와서 내가 처음으로 외운 프랑스어. 바로 '보 고스'다. 무슨 캔커피 이름이 아니라 꽃미남을 의미한다. Beau Gosse로 적는다고 한다. 그대로 직역하면 '잘생긴 애송이' 느낌인 듯하다.

이 단어를 재빨리 내게 전수해준 사람은 파리에 살고 있는 친구 곤 짱. 그녀와 공통의 친구를 통해서 알게 되었는데 프랑스인 남편과 함께 파리의 중심부에서 생활하는 전업주부……라고 쓰니 뭔가 우아하고 한가로운 부인이 상상되겠지만, 그녀는 정말로 즐거운 캐릭터로 내가 마음 깊이 의지하고 있는 인물이다. 그녀가 파리에 있어주어서 내가 장기 체류를 단행하기로 마음먹을 수 있었다.

파리에 온 다음 날 둘이서 내 임시 거주지에서 가까운 비스트로에 갔다. 듣자하니 매스컴이나 패션 업계 사람들이 모이는 요즘 핫한 카페라는데 과연 패셔너블한 남성과 극심한 추위에도 아랑곳 않고 과감하게 미니스커트 차림으로 다리를 탁 꼬고 앉아 있는 여성이 가게 안에 북적이고 있었다. 그 속에서 전혀 그쪽 업계처럼 보이지 않는 우리 둘⋯⋯.

식사를 마치고 잠시 후 돌연 곤 짱의 눈 움직임이 수상해졌다. 뭐야, 그 사냥감을 발견한 사냥꾼 같은 눈빛은?! 아니나 다를까 "마하, 보 고스야 보 고스." 곤 짱이 속삭였다. 보 고스가 뭔 소린가 싶어 멀뚱히 있자 그 단어를 철저하게 주입해주었던 것이다.

실은 곤 짱도 나만큼, 아니 그 이상으로 보 고스에 흥미가 많았다. 이전에도 한 번, 내가 곤 짱 집에 머무르는 동안 내 지인인 일본인 보 고스 세 명이 때마침 파리에 왔었다. 하나같이 꽃미남인 이십대 남성들을 집에 불러도 괜찮을까 싶어 물었더니, 마음씨 고운 곤 짱이 "당연하지!" 유쾌하게 대답하고는 "그럼 눈 화장 좀 해볼까"라면서 평소보다 메이크업에 공을 들이느라 여념이 없었다. 눈 화장에 한껏 힘을 준 곤 짱과 한창 유행하던 원피스를 입고 파스타를 만들던 나. 기합 넘치고 숙련된 두 여성에게 아름다운 도시 파리에서 대접을 받은 젊은 일본인 보 고스들은 어떤 기분이었을지…….

뭐 예전의 보 고스는 그렇다 치고, 그때 우리 옆자리에 앉은 남자들은 눈이 부셔 몸이 뒤로 넘어갈 정도의 보 고스였다. 갑자기 곤 짱과 나는 반짝이는 시선을 옆으로 보내면서 머뭇머뭇 대화하는, 옆에서 봐도 거동이 수상한 두 사람이 되고 말았다. 보 고스가 옆에 있으면 진정되지 않는 게 나만 그런가 싶었는데 아무래도 곤 짱도 마찬가지인 듯했다. 당사자인 두 꽃미남은 우리 쪽으로는 눈길도 주지 않았지만. 아, 쓸쓸해.

밤의 루브르  8

일본 각지나 세계 도시를 여행할 때 완전 무계획적으로 이
동하는 것도 즐겁지만, 친구가 있는 장소로 떠나는 것은 각
별히 즐겁다.

내 경우 국내는 간사이 지방이나 오키나와로 훌쩍 떠나도
따뜻하게 맞아주는 친구가 있다. 해외라면 상하이, 홍콩, 뉴
욕, 로스앤젤레스, 토론토, 바젤, 런던, 그리고 파리. 단순한
여행이나 업무차 갔을 때는 어디까지나 점잖은 얼굴이었던
도시가 그 장소에 사는 친구들이 생긴 순간 다른 빛을 발하
니 신기하다. 여행지에서 친구가 기다리고 있다는 생각만으
로도 마음이 설렌다. 역이나 공항에서 "지금 간다"고 메일을
보내면 "기다리고 있어!" 하고 답장이 오는 것도 기쁘다. 도

착하면 금세 나의 도시처럼 행동하게 되는 것도 친구가 있기 때문이다.

실은 나에게는 앞서 말한 도시 말고도 전 세계의 도시마다 언제 가든 정답게 반겨주는 친구들이 존재한다. 그 친구들 덕분에 나는 어디를 가도 외롭지 않고, 그 친구들이 있기에 반드시 그들이 사는 장소로 떠나리라 늘 생각한다. 그래서 또다시 여행을 하는, 친구들을 만나기 위해 그들의 집을 찾아 돌아다니는 처지가 된다. 결국 '인생 친구'. 건강이 허락하는 한 죽을 때까지 만나러 가겠지.

그 친구들의 이름은 미술, 그리고 그들이 사는 집은 미술관이다.


오랫동안 미술 관련 일을 해온 탓에 미술작품을 보러 가고 미술관을 방문한다는 것이 어느덧 내게는 특별한 일이 아니라 극히 자연스러운 일이 되었다. 그러나 예전의 '업무차 미술관 공식방문'과 지금의 '친구가 사는 집에 놀러 간다'는 감각은 완전히 천지차이. 물론 지금이 단연코 즐겁다.

미술 관련 일을 하던 시절에는 먼저 미술관 관장이나 큐레이터에게 면담 신청을 하고 그 미술관이나 컬렉션의 역사를 미리 공부한 다음, 일 잘하는 여성답게 바지정장을 입고 하이힐 소리를 또각또각 내며 갔다. 해외에서는 전람회의 오프닝 리셉션에서 거물 컬렉터나 억만장자인 미술관 이사를 만나는 경우도 있었다. 그런 사람들은 대화 초반에 "어디에 묵으세요?" 하고 반드시 물어온다. 묵고 있는 호텔의 격으로 그 인물을 판단하려는 것이다. 따라서 사전에 숙소까지 꼼꼼히 검토하지 않으면 안 된다. "유스호스텔에 묵고 있습니다" 하고 대답하면 바로 '이 녀석은 신뢰할 수 없군' 하고 판단해 버린다. 실로 무서운 세계였다. 관장이나 큐레이터에게 안내를 받으며 관내를 돌아도 내 시선은 작품의 표면을 방황할 뿐. 설명을 듣는 데 필사적이라 '눈이 부재'인 상태였다. 모처럼 훌륭한 미의 전당에 있어도 실은 아무것도 보이지 않았다. 그래도 '어디어디의 ○○미술관에 갔다 왔다'는 뛰어난 공적이 생긴 것에 만족했다.

그러나 지금은 전혀 다르다.

나는 단순히 예술을 사랑하는 사람일 뿐이다. 좋아하는 친구들을 만날 생각 하나만 가슴에 안고 미술관을 방문하는 것이다.

나는 더 이상 어느 회사에도 미술관에도 소속되어 있지 않을뿐더러 특히 미술 관련 일을 하고 있는 것도 아니다. 미술관에 가는데 미리 누군가에게 면담을 신청할 필요도 없으며 관장이나 큐레이터에게 안내받지도 않는다. 프리패스도 초대장도 없으니 싸지 않은 입장료를 지불해야 하며 붐비는 전람회에 들어가기 위해서는 긴 줄을 서지 않으면 안 된다. 카탈로그도 증정받지 못하므로 직접 사서 들고 터벅터벅 돌아돌아 가야 한다. 특별히 멋을 부릴 필요도 없다. 아끼는 청바지와 플랫슈즈, 지갑과 입장권을 넣은 작은 핸드백을 어깨에 메고서 양손은 가볍게. 최소한의 사전정보만 인터넷으로 체크한 다음에는 머리도 완전히 비우고 간다. 어차피 친구 만나러 가는 건데, 뭐.

그들을 만나 "잘 지냈어?" 인사하며 (마음으로) 실컷 안아주기 위해 양손을 비워두는 것이다. 그들이 걸어오는 다양한 말—유쾌하고 신나며 때로 마음 깊이 슬픈 경우도 있다—을 제대로 받아들이기 위해 머릿속도 통풍을 잘 해두는 것이다. "자, 이 작품은 파올로 우첼로가 초기 르네상스 시대에 원근법을 발견한 중요한 작품으로……" 같은 까다로운 설명이 절대로 스쳐지나가지 않도록.

미술 관련 일을 깨끗하게 그만둔 지금 미술은 나의 진정한 친구가 되었다.

우리는 서로를 진실한 눈으로 마주하며 서로 마음이 통한다. 그들의 집—미술관을 찾을 때마다 꼭 그런 느낌을 받는다.

그런데 셀 수 없을 정도로 많은 친구가 사는 멋진 집들이 파리에 있다. 항상 파리에 오면 이 미술관 저 미술관으로 표정을 바꾸며 돌아다니기 일쑤였다. 보고 싶은 친구들이 너무 많아도 고민이다.

《낙원의 캔버스》 취재를 위해 파리에 체류했을 때는 다행히 시간이 충분했다. 전부터 자리를 잡고 한번 차분히 대화를 나누고 싶었던, 몸집은 작으나 미인인 그 아이와 신경 쓰이는 꽃미남들을 만날 절호의 기회. 그들이 사는 파리 제일의, 아니 세계 최대급 집(이랄까 성) 루브르박물관을 바지런히 다니기로 마음먹었다.

전부터 루브르박물관이 매주 수요일과 금요일에는 밤 아홉시 사십오분까지 개방한다는 정보를 알고 있었다. 바지런히 다닐 수 있는 입장인 만큼 이 '밤의 루브르'에서 전관 제패에 도전해야 하지 않겠나 싶었다. 친구 집을 가볍게 방문하려던 예정이 어느새 야망으로 변모되고 말았지만.

한 번이라도 파리를 관광한 적 있는 사람이라면 그건 즉 한 번은 루브르박물관에 간 적 있다는 말이 되지 않을까. 그만큼 루브르는 파리를 찾는 관광객의 주요 목적지다. 그러나 또한 대부분의 사람이 시간 여유가 없어 차분히 볼 수 없었다는 기억을 공유하고 있지 않을까. 게다가 관내가 엄청나게 넓어 이내 자신이 서 있는 장소가 어딘지도 모르게 된다. 특별히 관심을 끄는 〈모나리자〉를 보러 가던 참이었는데 웬일인지 이집트 미라 앞에 있던 경험이 있을지도 모른다. 루브르 초심자 시절의 나 역시 예외가 아니었으며, 실은 무서운 체험도 했다.

처음으로 '밤의 루브르'를 찾았을 때의 일이다. 밤인데도 박물관에 있다는 사실(확실히 좋아하는 남자아이 집을 밤에 처음으로 놀러 갔던 때 같은 느낌이다)에 완전히 흥분해버린 나는 관내 안내도 따윈 전혀 신경도 쓰지 않고 간간에 의지한 채 자꾸만 헤매며 갤러리 안쪽으로 갔다. 내 머릿속은 거의 예술 축제 상태였던 것 같다. 전시실은 안쪽으로 갈수록 인기척이 없어 나는 점차 방향도 시간 감각도 완전히 잃었다.

그 순간 쾅 하고 뒤에서 큰 소리가 났다. 돌아보니 전시실 문이 닫혀 있었다. 너무 놀라 당황한 나는 다른 쪽 문을 향해 달렸다. 근소한 차이로 그 문도 쾅 하고 닫혔다. 반대쪽에서 닫히고 있었기에 사람의 그림자도 보이질 않아 문이 제멋대로 쾅쾅 닫히는 것처럼 보였다. 참으로 오싹했다.

아무도 없는 전시실에서 빙그르르 둘러싼 초상화가 일제히 나를 쳐다보았다. 정말로 갇혀버릴지도 모른다 싶어 초조했다. 한 전시실에서 다른 전시실로, 출구를 찾아 혼신을 다해 뛰었다. 겨우 출구에 도착한 나는 그날 미술관을 마지막으로 나온 사람이었다. 구사일생으로 살았다고 생각했다. 그야말로 《다빈치 코드》를 실제로 체험했다.

이전에도 이후에도 미술관 안을 그렇게 달린 경험은 그때 단 한 번뿐. 건전한 미술애호가 여러분은 절대로 따라 하지 마세요.

실컷 놀라게 해놓고 말하기 그렇지만, 밤의 루브르는 불만거리 하나 없이 굉장하다. 충분히 시간을 확보해 여유롭게 둘러보고 나올 수 있으면 좋겠다.

저녁 여섯시에 들어가면 폐관까지 세 시간 반이나 있다. 박물관에서의 작품 감상은 제법 돌아다녀야 하므로, 루브르가 아니더라도 한 시간 정도 보다 보면 상당히 피로한 법. 그래서 세 시간 반이라 하면 만족할 때까지 양껏 볼 수 있다는 느낌이다.

여름의 파리는 밤 아홉시 열시에도 대낮처럼 훤하나 겨울의 파리는 여섯시가 지나면 완전히 날이 저문다. 그와 동시에 웅장하고 아름다운 루브르의 건물에 조명이 켜지며 장관을 이루어 《다빈치 코드》에서 일약 유명해진 유리 피라미드의 입구가 밤의 어둠속에 떠오른다. 마치 미술품을 가득 실은 노아의 방주 같다. 이 피라미드에서 승강기를 타고 지하의 메인 입구로 내려간다. 밤 투어를 시작하는 순간은 우주선에 올라타는 듯 가슴 설렌다. 자판기에서 티켓을 구매해 줄곧 관심을 가지던 '자그마한 미녀들' 곁으로, 자.

〈모나리자〉〈밀로의 비너스〉〈사모트라케의 니케〉 등 루브르의 대표작품을 찾는 데 기를 쓰느라 늘 놓치던 것이 있다. 그것이 이번에 내가 '자리를 잡고 차분히 대화를 해보자'며 기획한 것. 작지만 너무나 아름다운, 루브르에서 가장 오래된 컬렉션 무리. 고대 오리엔트시대부터 로마시대에 이르는, 기원전의 역사가 담긴 채색한 여러 예술품들이다. '어쨌건 모나리자다' 하며 머릿속을 유명 작품 일색으로 채우던 때는 결코 눈에 띄지 않았던, 유리 케이스에 아담하게 담긴 고대 장식품이나 식기, 인형과 항아리들. 하나하나 공들여 보면서 "안녕하세요" 대화를 시작한다. 이 얼마나 활기차고 감성 풍부한 일인가. 가장 오래된 것은 산양을 추상화한 항아리. 분홍빛이 더해진 갈색 그릇인데, 둥근 형태 위에 부메랑처럼 동그랗게 굽은 큰 뿔을 지닌 산양의 실루엣이 드러나 있다. 무려 7000년의 시간을 넘어 지금 내 눈앞에 있다. 아, 이 기적을 누구에게 감사해야 좋을까. 또다시 혼자 예술축제의 상태에 빠지고 말았다. 위험해, 정신 차리자.

반짝이는 유리와 천사 오브제에서 무심코 창밖으로 눈을 돌리니 고요한 겨울의 밤. 폐관시간이 가까워지고 있었다. 아쉽지만 이제 슬슬 나가야지. 그리고 다시 돌아와야지. 새롭고도 오랜 친구들, 나의 인생 친구를 만나러.

두 달 남짓한 파리 체류를 끝내고 무사히 일본에 도착했을 때의 일이다.

방랑여행치고는 꽤 오래 일본을 떠나 있었고 완전히 파리의 분위기에 익숙해진 터라 돌아와서 우라시마 다로[거북을 살려준 덕으로 용궁에 가서 호화롭게 지내다가 돌아와보니, 많은 세월이 지나 가족이며 아는 사람은 모두 죽고 모르는 사람뿐이었다는 전래동화의 주인공]가 돼버리는 건 아닌가 하는 생각도 들었으나, 그 부분은 민족의 DNA라고도 말해야 할지, 불과 오 초 만에 네, 원래대로. 그리고 돌아오자마자 '먹고 싶다!' 갈망하던 음식이 멸치로 국물을 낸 된장국, 채소절임, 흰 쌀밥. 그리고 카레라이스. 프랑스요리는 당분간 취급 안 합니다, 느낌이었다.

그렇지만 사실 프랑스에 머무는 동안 스스로도 의외였던 게 일식 먹고 싶다는 생각을 별로 안 했다는 것. 오히려 초반에는 냄비로 밥을 지어 먹기도 했는데 차차 '파리풍 간편요리'에 적응해 마지막에는 '이건 세계에서 가장 맛있는 것 중 하나로 꼽지 않을 수 없다고 말할 수 있을지도 모르겠다'며 소극적이면서도 상당히 프랑스음식에 동조하고 있는 자신을 발견하기에 이르렀다. 아주 비싼 일본의 식재료(예를 들면 냉동 낫토, 5유로)를 사서 이도저도 아닌 어중간한 일식을 만들어 먹는 것보다 근처 슈퍼에서 프랑스인이 가볍게 사 먹는 것을 주식으로 하는 편이 훨씬 나음을 학습한 결과였다.

더구나 파리에는 그럭저럭 맛있는 라면가게나 우동가게가 있지만 모두 비싸서 라면 한 그릇에 10유로는 보통이다. 계속 외식을 할 수도 없는 노릇이고 그렇다고 끼니마다 혼자 먹을 밥을 하는 것도 귀찮다. 그래서 차선책으로 '파리풍 간편요리'라는 것을 고안했다. 별건 아니고, 바게트와 치즈뿐인 식사다. 거기에 와인이 더해지면 '청색시대'의 피카소인 척 거드름을 피울 수 있었을지도 모르지만, 나는 다행인지 불행인지 술을 못 마셔서 와인 대신 탄산수를 마신다. 거기에 샐러드나 만들어두는 수프(채소를 잘게 썰고 간 생강을 더해 푹 끓여 소금·후추를 친 심플한 것) 등을 조합하면 완벽. 파리를 떠나기 전에는 이 '간편요리'와 헤어지는 것이 쓸쓸해서 견딜 수 없었다. 정말이지 '정들면 고향'이라는 표현이 딱이다.

프랑스를 세계가 인정하는 미식의 나라라고 하지만 사실 나는 오랜 시간 프랑스요리에 그다지 흥미가 없었다.

그야 일본에서도 맛있다는 유명한 프렌치 레스토랑에 가면 불만을 늘어놓지는 않는다. 하지만 '아, 맛있는 프렌치가 먹고 싶다!'는 기분이 든 적은 한 번도 없다. 충동적으로 '아주 매운 태국요리가 먹고 싶다!'거나 '아 어떻게든 주먹라면을 먹고 싶다!'거나 '덮밥만 한 푸딩이 먹고 싶다!' 같은 생각은 한 적이 있다(게다가 비교적 빈번히). 그러나 '부르고뉴풍 오렌지를 곁들인 오리가슴살 요리를 실컷 먹고 싶다!'는 충동에 사로잡힌 적은 한 번도 없다. 충동은커녕 어떤 요리인지 떠올리지 못하는 시점에서 이미 게임 끝이지만.

프랑스에는 여러 번 방문했는데 '또 프렌치 먹어야 하나……' 싶어 암울해진 적도 있었다. 시차증으로 지친 몸에 프랑스요리의 농후한 소스는 상당히 자극적이다. 조금이라도 프렌치스럽지 않은 음식을 먹어야겠다며 파스타 같은 것을 주문한 날에는 흐물흐물 '푹 삶은 우동풍 크림소스 스파게티'가 나와 맥이 풀린다. 그럼 과감히 최고의 프렌치를! 하면서 미슐랭 별을 받은 레스토랑에 혼자 향할 용기는 전혀 없다(별을 받은 레스토랑은 디너코스가 200유로는 예사고 자정이 되어서야 코스가 끝나는 경우도 있다). 으음, 역시 나는 프렌치를 좋아하지 않는다는 상당한 편견으로 발전했었다.

장기 체류에 있어 음식 문제는 처음부터 걱정되었으나 정 힘들면 매일 밥을 해서 매실절임으로 버티면 되지, 하고 거지반 자포자기의 심정이었다.

그런데 말이다.

파리에서 처음으로 자리 잡은 생오노레 거리에 엄청난 빵집이 있다는 소문을 들었다. 파리에 사는 일본인 친구들, 바게트에는 조금 깐깐한 곤 짱도, 마크로비오틱 레시피에 빠져 있는 다른 친구도 일부러 그곳까지 바게트를 사러 간다는 것이었다. 전부터 '죽기 전에 한 번이라도 좋으니 근처에 맛있는 빵집이 있는 동네에 살고 싶다'고 동경하던 나는 여기서 그 꿈이 이루어진 건가 하면서 서둘러 그 소문의 가게 '쥘리앵'으로 향했다. 듣자하니 파리시 주최 바게트콩쿠르에서 상위 입상했다는데(우수 가게는 대통령이 사는 엘리제궁에 매일 바게트를 납품하는 임무를 받는 모양이다) 가게 앞에는 연말 점보 복권 발매일로 착각할 만큼 단골손님들이 줄을 서 있었다. 기다리길 십 분, 겨우 손에 쥔 바게트의 견고하고도 훌륭하니 길쭉한 자태란! 아무리 애를 써도 들고 간 에코백에 담기지 않을 정도. 그럼 이렇게 할까? 겨드랑이에 끼고서 거리를 걸으니 어머나, 어느새 나 파리지엔 같잖아? 하며 기분도 들떴다.

그렇게 돌아와 '대통령에게 납품'하는 바게트를 먹어보니……

우와! 뭐, 뭐야 이거?! 엄청나네!

감탄하며 몸을 뒤로 젖혔다. 이야, 정말이지, 과장이 아니었다.

물론 바게트야 지금껏 먹어왔고 무엇보다 파리의 크루아상이 맛있다는 건 아주 잘 알고 있었다. 그러나 이 빵집의 바게트는 확실히 달랐다. 수입 양식 장어구이와 시만토강의 자연산 장어구이만큼 다르다. 겉은 바삭바삭하고 파삭 쪼개면 안은 부드러운 결의 흰 빵. 적당한 짠맛과 은은한 단맛. 입에 머금으면 언제까지고 쫀득쫀득하니 씹는 맛이 좋아 씹을수록 맛이 깊어진다. 나는 프랑스음식의 가장 선량한 과실이라고도 말하고 싶은 이 바게트와의 만남에 완전히 흥분하고 말았다.

한 번 꽂히면 물리지도 않고 끝없이 먹어대는 것이 내 먹는 스타일이다. 예전에는 치킨라면을 이 주 내내 먹은 적도 있었다(그리고 나서 싫어지기는커녕 지금도 아주 좋아한다). 그런 내가 한 번 반해버린 바게트를 내버려둘 리가 있겠나. 그날 이후 바지런히 적어도 하루 두 끼는 바게트를 먹었다.

덧붙여 발견한 것이 프랑스산 치즈의 맛. 나는 원래도 치즈 같은 발효음식(더구나 장난 아닌 냄새는 더)이라면 기를 쓰고 먹는 터라 근처에 치즈전문점이 있다는 구실로 모든 치즈에 도전했다. 삼 년 동안 숙성하는 '콩테'라는 경성 치즈, 푸른곰팡이치즈, 냄새가 꽤 고약하지만 엄청나게 맛있는 산양유치즈, 후추를 첨가한 치즈, 말린 과일을 넣은 치즈 등. 일본의 오분의 일 정도인 가격으로 진귀한 치즈를 살 수 있는 것도 기뻤다. 어느새 수입쌀과 냉동 낫토는 관심 밖으로.

그리하여 '손쉬운 프랑스 식사'가 완성되었다. 두 달간 거의 매일 이 스타일로 일관했다. "이런 음식만 계속 먹었어." 왠지 모르게 자만 섞인 말투로 곤 짱에게 얘기하니 "프랑스 사람은 그게 일반적이야" 했다.

프랑스 체류 마지막에는 남프랑스로 훌쩍 여행을 떠났다. 피카소나 인상파 화가의 자취를 더듬어보고 싶다는 생각에서 나섰으나, 당연히 남프랑스만의 맛있는 음식도 먹어보고 싶었다.

그래서 첫 숙박지인 칸에서 칸 국제영화제 때 각국 스타가 모두 머문다고 명성이 자자한 호화 호텔 '인터콘티넨털 칼튼 칸'의 '베이사이드카페'인지 하는 곳으로 가봤다. 스타뿐만 아니라 전 세계의 부자가 모이는 야외 카페레스토랑. 기분 좋은 바닷바람을 맞으며 눈앞의 오션뷰에 몸을 맡긴 채 이때다 하고 맛있는 니스요리 하나라도 먹어야 하지 않을까. 여긴 칸이지만.

그런데 안내된 자리는 기분 좋기는커녕 바닷바람의 강풍을 그대로 맞는 테리스리 나는 금세 부들부들 떨었다. 그래도 여기까지 왔으니 싶어 니스풍 샐러드를 주문. 으아, 다소 추운 건 사실이지만 그 부분은 참을 수 있다. 세계의 유명인사들과 어울려 나도 일본 대표(무슨?)로서 버티지 않으면, 하고 온몸이 굳은 채 기다리길 이십 분.

"오래 기다리셨습니다, 부인. 니스풍 샐러드입니다."

꽃미남 웨이터가 천천히 들고 온 것은 볼 안에 큼직하게 사등분으로 나뉜 양상추가 통째로, 그 위에 사등분으로 나뉜 토마토 덩어리, 그 위에 말린 청어. 어머 근사해라, 이것이 남프랑스 미식의 결정판이군, 잘 먹겠습니다…… 하면서 내가 이런 걸 먹겠냐?!

이런 식으로 호화 호텔 해변 카페의 간판에 완전히 농락당

했다. 저래놓고 50유로. 세상의 부자들이란 대체……

　그리고 고난은 계속되었다. 그 후에 방문한 아름다운 오래된 마을 생폴. 피카소와 마티스도 즐겨 묵었다는 미술관 같은 자태의 호텔 '라 콜롱브 도르'에서 다시 우아한 가든 런치를 먹기로 계획했다(한 번 데이고도 기가 질리지 않았다). 해변의 그것과는 다르다. 눈부시게 내리쬐는 햇빛도 우아하고 웨이터들도 친절하다. 분명 맛있는 음식이 나올 것 같은 분위기를 풍기기에 물어본다. (영어로) "여기 명물은 무엇인가요?" 그러자 점장으로 보이는 남성이 "생폴풍 베지터블 배스킷이 제일 인기 있습니다" 하고 설명해준다. 그거 좋겠네요, 그럼 그걸로 할게요, 알겠습니다 부인, 의 흐름으로 기분 좋게 대화를 주고받았다. 그리고 나온 것은……

양파
당근
샐러리
일단 선글라스
오이
가지
소금
양배추
채소바구니
(역시나) 50유로

사등분된 토마토
말린 청어
사등분된 양상추
니스풍 샐러드
50유로

아주머니가 들고 다닐 법한 갈색 장바구니에 떡하니 채소가 통째로 한가득. 양파에 가지에 오이, 양배추. 와아, 당근도 있다. 이 얼마나 신선한, 잘 먹겠습…… 내가 말로 보이냐?!

저래놓고 역시 50유로. 나는 이만 돌아가겠습니다. 역시 된장국에 밥이 제일. 그래요, 나는 일본인이니까요.

매번 여행계획을 검토하면서 문득 생각하는 것이 있다. 이번 여행의 주제는 대체 뭘까? 꽤 명확한 주제를 가지고 여행하는 경우도 있으나, 나로 말하자면 딱히 주제도 목적도 없이 여행지만 정하고서 그때그때 즉흥적으로 여행하는 경우가 많다. 그래도 여행지를 정하지 않고 훌쩍 떠나는 일은 역시나 없다. 방랑가 도라만큼 확고한 방랑가가 되지 못한 것이 조금 분하다.

여행을 떠나는 사람들은 모두 주제를 의식하며 여행할까? 인터넷으로 여행사 사이트를 확인해보니 '지역', '키워드', 그리고 역시 '주제'로 여행지나 패키지를 검색할 수 있게 되어있다. 그럼 그 '주제'의 내용은? 하고 보니 '세계유산', '온천',

'등산', '맛집', '골프' 등. 음, 세계유산은 확실히 주제답지만 골프를 주제라 부를 수 있을까. "이번 내 여행의 주제는 바로 골프다"라고 아버지가 말한다면 "그건 여행이 아니라 접대 아니에요?"라고 대답할 듯한 기분도 들고.

평소 여행 동반자 오하치야 지린과의 여행은 주제는 물론이고 타이틀까지 어슬렁여행으로 정해져 있다. 그러나 이렇게 글자로 적고 보니 이것도 역시 주제라 부를 수 있을지 어떨지 의심스럽다. 그런 이유로 요즘에는 어슬렁여행에도 막연하게 다른 주제가 더해지게 되었다. 처음에는 '세계유산을 방문하다', '성에 오르다', '벚꽃을 좇다' 등 어르신 대상 여행지에 어울릴 법한 밋밋한 주제였는데 현재는 더욱 구체적이게 되었다. '버나드 리치가 빚는 공방을 방문하다'나 '고치 시내의 포장마차에서 가장 맛있는 만두를 문 열자마자 먹다'나, '한 번도 공기가 닿지 않은 땅속에서 솟아오르는 온천에 들어가다' 등, 빈틈없이 마구 채워지게 되었다. 그래도 결코 무리한 기획으로 쓰러지는 일 없이 제대로 실행해 높은 평가도 얻고 있다(둘 사이에서). 정말이지 업무도 이렇게 성과가 뛰어나면 좋을 텐데.

이 책과 소설 《여행을 대신해 드립니다》의 취재를 위해 나선 여행에서 우리가 가장 흥미를 가진 주제는 '모든 수단을 이용해 이동한다'는 것이었다. 이동거리나 이동시간을 다투는 육상경기 같은 여행도 아니고, 간선 전철로 느긋하니 여유롭게 이동을 즐기는 철도마니아 여행도 아니다. 비행기, 철도, 자동차, 택시, 페리, 버스, 그리고 도보. 가능한 한 많은 교통수단으로 무분별한 이동을 시도해본다. 동시에 사람과의 만남을 소중히 하며 현지의 맛있는 음식을 먹은 다음 온천도 즐긴다는 기획이었다. 재미있을지 힘들지 알 수 없는 주제였지만 이동마니아인 내게 요 근래 가장 활력 넘치고 즐거운 여행이었다. 목적지로 선택한 곳은 에히메·고치·오이타로, 3박 4일 일정으로 3현을 대이동했다. 아아, 이동마니아라 더없이 행복한 여행이었다. 이용하지 못한 단 하나의 이동수단은 자전거. 그것만이 지금까지도 후회된다. 아, 말도 타지 못했구나.

그런 까닭에 여행에 주제는 역시나 따라붙게 마련이라는 게 내 결론이지만, 그것과는 전혀 별개로 '우연히 주제가 주어지는' 경우도 있다. 뜻하지 않게 어떤 사람을 만나거나 우연히 어떤 곳에 가게 되는 것이다. 그리고 그런 '뜻하지 않은, 하지만 돌아보니 완벽하게 주제가 된' 사건과 장소가 있는 여행은 앞으로 평생 잊을 수 없는 추억이 된다. 그리고 나와 같은 직업이라면 그것이 이야기의 씨앗이 되어 이후 싹이 트기도 한다.

그건 그렇고 올해 5월의 황금연휴에 나는 또다시 객관적으로 봐도 '이동 자체가 주제 아냐?' 싶을 만큼 믿어지지 않는 여행을 했다. 주로 기타간토에서 도호쿠 지역을 열흘간 느릿느릿, 어슬렁어슬렁. 초반에는 남편과 중학교 시절의 오랜 친구인 쓴 짱과 셋이서 후쿠시마~하나마키~도노를 떠돌아다녔다. 후반에는 이 시기 늘 그랬듯 어슬렁여행으로, 멤버를 교체해 남편과 쓴 짱은 먼저 돌려보내고 지린과 마시코 도자기축제에시 힙류했다. 마시코~우쓰노미야~후쿠시마~아이즈와카마쓰~고리야마를 또다시 어슬렁어슬렁. 이동수단은 신칸센과 전철과 버스와 렌터카. 복잡괴기한 여정의 티켓을 사려고 신주쿠역 초록 창구에서 삼십 분이나 역무원과 살펴보았다. 그런데 이 이상한 여정은 3월 파리에서 다듬은 터였다. 파리에서 스위스 바젤이나 남프랑스로의 짧은 여행계획을 세우는 동시에 기타간토와 도호쿠의 경로를 검토했는데, 칸의 최고급 호텔 가격 및 앙티브의 미술관 개관시간을 알아보는 한편 나스 알파카목장에서 새끼와의 교감을 체험할 수 있는 시간을 체크하는 상황은 내가 생각해도 글로벌한 여행자 느낌이 있었다. 뭐 어쨌거나 즉흥적이지 않은, 꽤 이른 단계부터 착실하게 다듬은 계획적인 여행이었다.

그런데 이번 어슬렁여행 사흘째, 아이즈와카마쓰에 들어가기 직전에 갑자기 지린이 "갈 생각은 없었는데 꼭 가야 할 장소가 있으니 들렀다 가자"면서 적극적인지 소극적인지 모를 제안을 꺼냈다. 그녀가 무슨 일이 있어도 꼭 가고 싶어 하는 곳은 대개 온천 료칸이나 소문난 맛집과 공예품점, 그리고 각지의 주요 역 주변에 있는 아침식사가 맛있는 찻집이나 퀵 마사지점 및 무인양품 등으로 안 봐도 빤한데, 그 '가야 할' 장소는 웬일로 관광지였다. 게다가 무덤. 그렇다, 여기 아이즈가 자랑하는 충의의 젊은 지사들 '백호대'의 묘였다.

지린과 나는 진정한 '역逆역사파'로, 요즘 유행하는 전국 무사들의 묘 참배에 빠진 역사파들과는 정반대 위치에 서 있다. 즉 아름다운 성을 둘러보거나 성하마을城下町[성을 중심으로 형성된 일종의 계획도시]에서 경단을 사 먹는 건 좋아하지만 딱히 무사나 오래된 절에 마음이 동하지는 않는다. 왜 갑자기 백호대의 묘에 가자는지 궁금했는데, 한다는 말이 "상사가 시켰어"라는 이해 못 할 이유였다.

지린은 근 삼십 년을 오사카의 증권회사에서 근무하고 있다. 당연히 유급휴가는 다 소화할 수 없을 만큼 쌓여 있다. 그런데 황금연휴 중에 하루 유급휴가를 내려고 상사를 찾아갔다가 장황한 설교를 들었다. 월말에 휴가를 내는 건 무슨 경우냐면서. 유급휴가야 당연한 권리지만, 이런 게 또 조직의 어려운 부분이다. 지린은 꾹 참고 상사의 설교를 차분히 들었다. 가여운 이야기다.

"그래서 휴가를 내고 어디로 가는데?"라고 묻기에 아이즈와카마쓰 방면이라 대답한 순간, 돌연 분위기가 바뀌었다. "그럼 반드시 가보게" 하며 되려 추천해준 곳이 백호대 묘가 있는 이모리산이었다. 듣자하니 상사 부인의 선조가 아이즈 전투에서 싸우다 순사한 백호대 대원이라고 했다. 자결한 열사 열아홉 명의 묘가 이모리산에 있으니 만드시 보고 오라며 추천을 했다는 것이다. 친구의 상사의 부인의 선조라는, 내게 있어서는 가깝고도 아주 먼 인연이지만 거의 의무화되고 말았기에 아무튼 가보기로 했다.

당일은 그림으로 그린 듯한 맑은 날씨여서 아이즈와카마쓰에서 으뜸가는 관광지 이모리산은 많은 관광객들로 북적였다. 백호대 열아홉 명이 아이즈성 주변의 화재를 성 함락으로 착각해 자결을 택했다는 야트막한 언덕 위에는 남녀노소가 우르르 몰려 있었다. 묘 참배라기보다는 완전히 레저가 되어 있었다. 아이들이 "왜 여기서 죽었어?" "왜 무덤이 안 보여?" 하며 부모에게 따져드는 광경도 보였다. 그런 와중 언뜻 보기에도 정말로 백호대를 숭배하는 역사파 남성 한 명이. 세련된 가벼운 전통복장 차림으로 손에는 염주, 이마에는 흰 머리띠. 아무래도 옷을 잘못 입은 거 아닌가? 그나저나 그에게 눈을 돌리고 있을 때가 아니다. 선조의 묘를 찾아야지…… 하면서 거침없이 늘어선 이끼가 낀 묘비를 하나하나 확인하는데, 어…… 있다. 있어! 지린의 상사의 부인의 선조의 이름이!

이야, 굉장하네. 진짜로 있었다. 왠지 득을 본 기분이 들어 감사히 손을 합장했다. 아무런 인연도 관계도 없었던 백호대가 단숨에 가깝게 느껴진 순간이었다. 그와 동시에 나는 이곳에 있는 관광객들과는 다르다! 어쨌거나 친구의 상사의 부인의 선조가 백호대니까! 하면서 가슴을 쫙 펴고 싶은 기분

이 들었다. 어쩌면 앞으로 백호대를 소재로 한 소설에 몰두하는 일이 있을지도 몰라…… 아니, 없으려나.

방랑 역사상 가장 무계획·무주제 여행을 했는데 생각지 못한 맛있는 음식을 만난 적도 있다. 작년 방문한 이와테현 도노시에서다. 여느 때처럼 '왠지 모르게 북쪽 방향에 뭔가 있을 것 같다'는 느낌으로 편집자 W씨와 함께 도노로 떠났다. 이렇게나 엉터리 점 같은 방법으로 취재지를 정해버려 W씨에게 대단히 민폐를 끼쳤으리라 생각한다. 정말로 새삼스럽지만 죄송합니다.

그런데 그 '점치기 여행지 결정법'이 대박이었다. 도노까지 왔지만 구체적인 목적지도 안내인도 있을 리 없어 우리는 막연히 현지에서 점심을 먹고 막연히 전설 속 요괴 갓파가 나온다고 하는 강가에라도 가볼까 했다. 그러다 어쩐지 맛있어 보이는 농가 레스토랑으로 향했는데, 낯선 아주머니가 레스토랑 안에서 나와 묻는다. "지금 방송 녹화 중입니다만 이왕 이렇게 오셨으니 출연하실래요?" 가게 안으로 들어가니 오픈키친에 엄청난 수의 아주머니가 북적이고 있었다. 놀랍게도 '이와테현 음식 장인'이라 불리는 현지 맛집의 명 요리사들이 한자리에 모여 연찬회를 열고 있었던 것이다. 당연히 손님은 받지 않는데, "도쿄에서 먹으러 왔습니다……" 하고 W씨가 사전에 예약전화를 넣어둔 터라 애써 왔으니 먹고 가라는 상황이 된 듯했다. 당황스러웠다. 이런 시골의 작은 가게에서 이와테의 음식 장인 모두를 만날 줄이야. 더구나 그들이 손수 만든 요리를 먹게 될 줄은. 행운을 음미하면서 먹은 죽순조림에 아침에 딴 머윗대 튀김, 콩밥 등 봄의 산채요리 맛은 글과 말로는 표현할 수 없다. 그리고 뻔뻔하게 현지 방송의 인터뷰도 하고 말았다. 도쿄에서 온 관광객 A와 B라는 이름으로. W씨와 둘이서 "엄청 맛있었어요!" 하고. 우연한 만남과 감동, 그리고 텔레비전 출연. 이래서 여행은 그만둘 수 없다.

　요즘 친구들과의 모임에서 반드시 하는 질문이 있다. "너
는 무엇의 환생이니?" 딱히 전생을 점치려는 취지는 아니다.
환생이라 해도 '음식'에 한정된다. 다시 말해 "나는 ××를 좋
아한다. 내 전생은 틀림없이 ××의 환생이라 선언해도 될 만
큼 ××를 좋아한다. 내 전생은 분명 ××였을 것이다!"라고 할
정도로 정말 좋아하는 음식은 무엇인가? 하는 질문이다. 이
×× 부분에 자신이 좋아하는 음식의 이름을 넣어보시라. 분명
아, 어쩐지 알 만한 기분이 들 터.

　이게 제법 그 사람의 이미지와 딱 맞거나 반대로 차이가
나기도 해 재미있다. "저는 풋콩의 환생이에요"라면서 미안
한 듯이 고백하던 모 여성지 편집자도 있었고 "나는 돈가스

의 환생입니다"라고 당당히 주장하는 웹디자이너도 있었으며 "파인애플일지도……"라며 쑥스러운 듯이 말하는 건축가도 있었다. 환생이라고 딱 잘라 말한 이상, 각자 그 음식에 상당한 애정과 책임감을 지니고 있는 것이다. 덧붙여 내 남편은 명란젓의 환생인 듯하다(후쿠오카현 기타큐슈시 출신).

그럼 나는 무엇의 환생인가 하면, 이것에는 여러 설이 있는데(그만큼 편애하는 음식이 많다는 말이다), 작년까지는 굴의 환생설이 유력시되었다. 그런데 과거 십 년간 내가 먹어온 음식 패턴이나 즐기는 음식 이름을 들은 순간의 혈중 아드레날린 분비량 등을 고려하건대, 아무래도 전생의 진짜 모습은 '어쩌면 만두가 아닐까……' 하는 새로운 설이 부상했다. 아직 학회 발표에는 이르지 않았으나 내 여행 인생에 얼마나 깊은 만두와의 교류가 있었는지 이번에 검증해보고 싶다.

그리하여 만두. 이야, 만두라는 단어를 키보드로 쳤을 뿐인데 이리도 행복한 기분이 들다니, 역시 나는 만두의 환생일지도, 하고 시원스레 인정하고 싶어진다.

생각해보면 어린 시절부터 고기를 잘 못 먹었음에도 만두만은 각별하게 대했다. "오늘은 만두란다." 엄마에게 저녁식사 메뉴를 들은 날에는 친구 집에 놀러도 가지 않고 알맞게 구워진 만두친구들이 식탁에 등장하기만을 들뜬 마음으로 기다렸었지.

성인이 된 후의 첫 메가톤급 만두 체험은 오사카 우메다 유흥가의 '덴페이'라는 가게에서. 갓 사회인이 되었을 무렵이 확실한데, 대학 때 아르바이트 선배였던 유키 씨가 "아주 죽이는 거 사줄게"라면서 나와 친구 둘을 데리고 가주었다. 작은 가게의 벽에 붙여진 메뉴는 단 세 개. '만두', '채소절임', '맥주'뿐. 만두라고 하면 밥 또는 라면에 따라 나오는, 그러나 경우에 따라서 메인인 라면보다 훨씬 인상에 남는 가가와 데루유키나 요 기미코 같은 명배우라고 생각하던 나는 '만두가 갑자기 주연을 맡고 있다!'는 데 충격이 일었다. 그러나 깜짝 놀란 것은 그 이후다. "자, 그럼" 하면서 자리에 앉자마자 유키 씨가 카운터 안의 주인을 향해 내뱉었던 것이다.

"우선, 백 개요."

뭐?! 백 개?! 스무 개나 두 접시가 아니라 백 개?! 내가 게거품을 물 뻔한 것은 말할 나위도 없다. 생각해보시라, 다짜고짜 백 개다. 그런 꿈같은 말이 괜찮은가? 더구나 지금 유키 씨 "우선"이라고 말하지 않았는가?! 다시 말해 그 이후에 더 주문할지도 모른다는 말?! 그렇다는 것은 이백 개나 삼백 개를 먹을지도 모른다는 말?

눈을 희번덕거리고 있었는지 나를 향해 유키 씨가 말했다. "걱정 마, 여기 만두는 백 개 정도가 보통이니까." 정말인가요?!

이 가게의 만두는 이른바 한입 만두 부류로, 바삭바삭하게 구워진 표면이 딱 알맞은 상태로 다다다닥 서로 맞붙은 채 줄지어 나왔다. 두 개가 보통 만두 한 개 정도의 크기. 게다가 마, 맛있다! 피는 따끈따끈하고 속은 육즙 한가득. 한입에 먹을 수 있는데다가 밥이니 면이니 배에 쌓이는 탄수화물이 없어서 끊임없이 들어간다. 정신을 차리고 보니 넷이서 이백 개 제패. 생각해보면 그때 '내 전생의 모습이 보인다……'고 예감한 듯.

이후 만두는 여행지 식도락 중 빼놓을 수 없는 메뉴로서 급속도로 떠올랐다. 이미 이 책의 정규 출연자인 여행친구 오하치야 지린도, 본인은 자각하지 못하지만, 실은 만두의 환생이지 않을까 나는 보고 있다. 원래 한 철판 위에서 서로 어깨를 맞대고 구워진 동지였을지도 모른다. 그렇게 생각하니 무엇 때문에 여태 끈질기게 둘이서 함께 여행을 이어가고 맛있는 것을 찾아 떠돌고 있는지 이해가 된다. 그런 까닭에 어슬렁여행의 목적지를 정하는 데 '맛있는 만두를 먹을 수 있는 곳'이 중요한 판단 근거의 하나가 되었다.

작년 황금연휴의 어슬렁여행도 "포장마차의 만두가 굉장히 맛있다는 듯하다"고 해서 목적지로 고치를 선택했다. 고치시 방문 전후에 무로토 곶의 에스테틱이 딸린 리조트호텔이나 시만토강의 공공숙소 등 매력적인 여행지를 일정에 넣으려 했으나 무엇보다 우선시된 것은 '포장마차 만두'였다. 황금연휴라서 인기 있는 숙소는 예약이 어렵다, 예약할 수 있는 날을 우선으로 하니 일요일에 고치시를 들러야 한다, 그러면 포장마차가 닫혀 있다. 그럴 수는 없었기에 여행 내내 계획의 중심에 놓인 것은 '포장마차 만두.' 그렇게까지 해서 간 고치에서 우리 만두 시스터스는 가쓰라하마[태평양을 볼 수 있는 고치의 관광명소]도, 사카모토 료마의 생가도 둘러보지 않고, 대중목욕탕에 가서 땀 쫙 빼고 마사지를 받고서는 완전한 컨디션으로 포장마차 만두에 덤벼들었다. 게다가 점찍어둔 포장마차 '마쓰 짱'의 영업시간 다섯시에 딱 맞춰 도착하도록 일정을 짜서. 이렇게까지 만두에 건 인생, 과연 보답받을까.

포장마차 만두는 소문대로 아니, 상상 이상으로…… 하아…… 맛이 좋았다! 피의 바삭바삭함, 구워진 정도는 말할 필요도 없고. 적당한 크기에 폭신함. 따끈따끈한 소에 고기와 부추와 마늘의 절묘한 비율. 후후거리며 한입 베어 물면

녹아내리는 육즙이 입 안 가득…… 으앗! 이 글을 쓰고 있는 지금도 괴로워 기절하겠다.

아직까지는 어슬렁여행 만두 부문에서 고치의 그 포장마차 만두를 이길 것은 없다. 그러나 언제 어느 때 그것을 뛰어넘는 만두계의 거장을 만날지도 모른다는 기대로 여행지 만두가게 체크에는 게으름을 피우지 않는다.

며칠 전에도 만두로 지역을 활성화시키고 있는 유명한 모 지방 도시로 "자! 지금이야" 하면서 지린과 함께 향했다. 아무튼 역 앞에 '만두상'이 있을 만큼 만두에 힘을 쏟고 있는 마을이었다. 이곳에서야말로 거장을 만날 수 있을지도 모른다면서 엉겁결에 껑충껑충 뛰어서 '어느 유명 가게'로 향했다. 그러나 가게 앞에는 믿을 수 없을 정도로 길게 늘어선 줄. 무려 두 시간을 기다려야 한다고. 아무리 만두의 환생이라고는 하나 공복상태로 두 시간 대기는 견딜 수 없는 우리다. 하는 수 없이 근처에 있는 '그럭저럭 유명한 가게'로 발길을 돌렸다. 거기서도 삼십 분은 기다렸을까. 공복도 최대치. 이 상황에서 맛있게 느껴질 리가 없다. 자자 어서! 힘차게 착석. 그리고 나온 만두는…….

"……"

지린도 나도 말문이 막혔다. 맛있어서 말문이 막힌 게 아니다. 그 반대였던 것이다. 입에 넣은 순간 '이, 이건……' 하고 내 혀를 의심했다. 설익은 피, 미지근하게 식은 상태, 인공적인 조미료 맛. 친구를 쳐다보니 얼굴에서 표정이 사라져 있었다. 아, 조상님, 어찌 된 일입니까? 어슬렁여행에 맛없는 만두라니. 만두 시스터스가 나란히 앉아 맛없는 만두라니. 환생인데 맛없는 만두라니요……. 결국 이 '모 지방 도시에서 먹은 모 만두가게의 만두' 사건은 어슬렁여행 어둠의 아카이브에 묻히게 되고 말았다. 앞으로 영원히 이 이야기를 꺼내는 일은 없을 것이다.

그런데 나는 내 전생의 태어난 곳에 방문한 적이 있다. 이렇게 쓰니 무슨 말인지 이해가 안 될 텐데, 바꿔 말해 만두의 탄생지 중국 시안에 간 적이 있다. 일본에서 유학하던 시안 출신 친구 가쿠카의 집에 놀러 갔는데, 실은 가서야 '만두의 고향은 시안이었구나'를 깨달았다. "시안의 명물 레스토랑에 데려다주마." 가쿠카의 아버지가 데리고 가준 장소가 속칭 '만두성'. 어안이 벙벙했다.

그럭저럭 큰 빌딩의 일층부터 육층까지가 전부 만두식당. 입구에는 만두성의 마스코트 캐릭터인 거대한 만두가 두둥 맞이하고 있었다. 그 앞에서 가쿠카는 아버지와 함께 기념사진을 찰칵. 중국 전통의상을 입은 여직원의 안내로 승강기를 타고 육층으로. 원탁과 의자 외에는 아무것도 없는 개별실로 안내받은 뒤, 땀범벅이 될 정도로 만두와 격투한 백이십 분 단판 승부.

이야. 끊임없이 나오는 만두만두만두. 시안에서 만두라고 하면 찐만두인 듯한데, 원탁 위에 계속해서 전속력으로 나무 찜통이 늘어선다. 만두의 피는 하양, 노랑, 에메랄드그린, 핑크 등. 소는 돼지고기, 소고기, 양고기, 닭고기, 야생오리고기, 집오리고기, 채소, 팥 등. 내용물에 따라 맛이 꽤 달라서 흥미진진하게 먹어치운다. 약간 독특한 고기의 맛도 좋아하는 양념장 덕분에 맛있게 느껴진다. 솔직히 역시 돼지고기가 솔직히 맛있다. 집오리 같은 것도 꽤 입에 들어갔다. 팥소는 찹쌀떡 같아서 씹는 맛도 있다. 양념장도 다행히 새콤달콤, 실로 다양한 종류가 나온다. 마지막으로는 '진주만두'라고 하는, 서태후를 위해 만들어진 고귀한 만두까지 등장했다. 이 연출이 흥미로웠다. 우선 방의 조명을 낮춰 어둡게 한다. 펄펄 끓어오르는 냄비 안에는 진주알 크기의 작은 만두가 들어 있다. 이것을 어둠 속에서 그릇에 나눈 다음 각자의 그릇에 들어 있는 만두 개수로 점을 본다는 것. 한 개면 뭐든 잘 풀리는 운수대통, 두 개면 기쁜 일이 동시에 찾아온다는 쌍희

임문双喜臨門……이라는 식으로. 내 그릇에 몇 개의 만두가 들어 있었고 결과가 어땠는지는 안타깝게도 기억이 나지 않는다. 아마도 만두성+만두잔치+만두춤에 취해 우라시마 다로가 된 기분이었으리라.

생각해보면 실크로드의 기점에서 탄생한 음식이 이윽고 일본에 건너와 오늘날 포장마차에서 구워지고 지역 활성화에 이용되고 있다. 참으로 신기하고 감사한 일이지 않은가. 그런 생각을 하면 정말이지 만두의 환생이라 다행이지 싶다.

이렇게 검증한 결과, 나 당당히 만두의 환생이라 선언합니다. 내년쯤에는 '나폴리탄스파게티의 환생'이라 말하고 있을지도 모르지만.

중국의 정교한 만두 플레이팅

복어회처럼 장미꽃 형태로 예쁘게 담긴 만두도 있었습니다. (시안에서)

찰칵!

조상님과 투샷♬

(대충 이런 이름) 만두군

거의 인간 크기

마마

미키마우스 같은 손발…

전국을 여행하며 먹은 만두 중에서 고치의 '마쓰 짱'이 넘버원임을 확신하고 있습니다. 포장마차라서 프라이팬으로 조리하는데, 굽기의 정도가 절묘합니다. "그 가게 이름 뭐였더라?" 하면서 묻게 되는 경우도 있는데 기억력이 쇠퇴해가는 중에도 그 이름은 잊히지 않고 어슬렁여행 히스토리에 깊이 새겨져 있습니다.

고치의 명물 하면 겉면만 살짝 그을린 가다랑어회라고 생각하는 것이 일반적이나, 웬일인지 맛있는 만두를 만난다는 것이 어슬렁여행의 참맛 아닐까요.

그와는 반대로 도치기현의 유명한 도시에서 먹은 만두는 탄식이 나올 정도로 맛이 없었습니다. 호호. 어슬렁여행의 맑은 날 확률이 95퍼센트, 비 오는 날 확률이 5퍼센트인 것처럼. 맛있을 확률 95퍼센트, 맛없을 확률 5퍼센트. 그 만두가 5퍼센트 쪽에 랭크되었음은 말할 필요도 없겠죠.

미리 말해두지만 나는 영감이 그리 강한 편은 아니다. 그렇지만 '영적인 존재'에 대해서는 믿는 편이며 성지라 불리는 장소, 예부터 그런 전설이 내려오는 장소에 가면 경의를 갖추려 한다.

내가 여행지에서 자주 가는 장소 1위는 틀림없이 미술관이라고 지금껏 생각해왔는데, 어쩌면 신사와 불당일지도 모르겠다. 미술관은 각 현이나 시 단위로 들어서 있지만 신사와 불당은 읍면 수준으로 전국에 구석구석 있기 때문이다. 사당의 경우는 골목마다 세워져 있다. 즉 일본 도처에 영적인 장소가 있으니, 여행을 하다가 그런 장소를 마주하면 끌어당겨지는 기분마저 든다. 전국 곳곳의 여러 신들에게 인사하고 돌아다니면서 이렇게 많은 신들의 보호를 받고 있는 일본이라는 나라의 풍요로움을 생각한다.

신이 모셔진 장소는 물론 '기'가 강한 장소, 나는 그런 장소에 가면 꼭 뻐근하니 자기력 같은 것을 느낀다. 몇 년 전까지만 해도 아무것도 느끼지 않았는데 요즘에는 기가 강한 곳에 가면 갑자기 두통이 생기거나 강렬하게 잠이 오기도 한다. 이것이 신사와 불당에만 한정되지 않고 예를 들면 전쟁의 흔적이 남은 곳이라든가 묘(문인이나 예술가의 묘 참배는 여행 목적의 하나이기도 하다), 또는 성지라 불리는 장소 같은 데서도 현저하게 일어난다. 반대로 아주 맑은 기가 흐르는 장소에 가면 마치 천상에 있는 듯한, 말로 형용할 수 없는 평온한 감각으로 온몸이 가득 찬다.

바로 얼마 전에도 오키나와로 떠났다가 다양한 장소에서 이 기를 체험하고 왔다. 오키나와전투의 격전지였던 장소에서는 격한 두통에 시달렸으며 신이 내려온 섬으로 유명한 구다카 섬의 성지 '우타키[오키나와에서 조상신을 모시는 성지]' 참배를 했을 때는 금방이라도 쓰러질 듯 잠이 와서 혼났다. 땅의 기를 느낀다는 지인에게 그 이야기를 하자 그 사람도 그런 장소에 가면 역시 나와 같은 이상증세가 몸에 일어난다고 했다.

신기하게도 '좋은 기', '나쁜 기', '강한 기'에 따라 몸에 일어나는 이상증세가 명확히 다르다. 그래서 '어쩌면 나는 장소의 기를 느끼는 게 아닐까……' 하고 어렴풋이 깨달았다. 그래도 뭐, 그것도 어디까지나 '왠지 모르게'라서 영감이 강해졌다거나 득도를 했다거나 하는 굉장한 것은 아니다.

허나 '왠지 모르게'지만서도 장소의 기를 느끼게 되고 나서 신기한 체험을 몇 번 한 것도 사실이다. 이제 그 체험담을 이야기하겠다. 심장 약한 분들도 안심하고 읽을 수 있는 수준의 공포이니 부디 여기서 책을 덮지 말아주시길.


지금으로부터 오 년 전쯤의 일, 황금연휴의 어슬렁여행을 위해 나와 지린은 도야마현의 우오즈시를 찾았다. 그때는 글쓰기를 업으로 삼기 전인데도 이미 지린과 함께 전국 곳곳을 돌아다녔으니 내 타고난 방랑 기질에 조금 기가 막히나, 뭐 어쨌거나 둘이서 "도롯코열차 타자" 하며 산골짜기의 온천 료칸에 묵었다. 이 장소 자체는 반짝이는 신록에 둘러싸여 참으로 상쾌한 공기가 넘치는 곳이었다.

그런데 그날 점심에 우오즈에 사는 지인 댁에서 가든파티가 있어 애저통구이니 대게구이니, 도무지 호쿠리쿠北陸 지방이라고는 생각되지 않는 와일드한 요리를 대접받아 아무래도 과식한 탓에 몸 상태가 나빠지고 말았다. 밤중에 열이나 다음 날이 되어서도 도저히 도롯코열차를 탈 기운이 없었다. 모처럼 기대하고 있던 지린에게 미안한 마음으로 양해를 구했다. "혼자 갔다 와. 어땠는지 알려주고." 알겠다며 지린은 혼자 나섰다. 나는 체크아웃 시간까지 쉬어야겠다 싶어 다다미 8첩 방 한가운데 편 이불 속에 들어가 오른쪽으로 모로 누워 잠을 잤다. 왜 이불 속에서의 자세까지 자세히 기억하고 있느냐면 다음 순간에 말도 안 되는 일이 일어났기 때문이다. 꾸벅꾸벅 졸고 있는데 갑자기 푹 하고 등 뒤에서 이불이 젖혀져 흠칫했다. 그리고 놀랍게도 누군가가 이불 속으로 스윽 들어와 내 등을 껴안는 것이었다. 긴 머리칼 끝이 스륵 내 뺨을 덮쳤다. 등이 섬뜩해지면서 순식간에 심장이 완전히 얼어붙었다. 몸은 경직되고 소리도 나오지 않았다. 위험하다. 오싹해졌다.

기도해! 내 본능이 소리쳤다. 무엇을 어떻게 기도해야 좋을지 몰랐으나 아무튼 이 사람(유령)을 위해 한다고 생각하며 속으로 불경을 필사적으로 외었다. 평소에는 불경말씀 같은 건 까맣게 잊고 있는데 인간이란, 위기의 순간에는 자연스레 나오는구나……는 한참 후의 감상이고, 그 당시에는 완전히 무아지경으로 불경을 외었다. 눈을 뜨면 무서운 것을 보게 될 것 같아 절대로 보지 마! 하고 또다시 본능이 소리친다. 분명 잠겨 있을 입구의 문이 철컥철컥 열렸다 닫혔다 하는 소리가 울린다. 그러는 사이에 이번에는 또 다른 누군가가 내게 올라타 세게 누른다. 등과 위, 양쪽에서의 강렬한 압박감.

하지만 나는 견뎠다. 이유는 모르겠으나 여기서 달아나서는 안 된다는(어차피 달아날 수 없지만) 기분이 들었다. 나는 오로지 이 정체를 알 수 없는 것을 위해 기도했다. 대체 왜 그러는지 모르겠지만 당신들은 괜찮습니다, 같은 말을 속으로 외쳤다. 무서움을 느낀 건 처음의 순간뿐, 그 이후에는 이 상황에 몸을 맡긴다는 느낌이었다.

그 상태가 얼마나 지속되었을까. 문득 몸이 풀렸다. 벌떡 몸을 일으키자 아무도 없었다. 열렸다 닫혔다 하던 문도 잠겨 있었다.

신기하게도 열은 완전히 내려가 있었다. 도롯코열차에서 돌아온 지린은 내가 이상하게 기운이 왕성해진 모습을 보고 깜짝 놀랐다. 더구나 내가 천연덕스럽게 "유령 나왔어"라고 말하니 더더욱 놀랐다.

그 뒤 지린과 역에서 헤어진 나는 나쁜 기운이 완전히 떨어져나간 듯 기분이 아주 상쾌해져 반짝반짝 빛나는 5월의 빛을 쬐며 니가타를 경유해 나가노로, 조금도 싫증내지 않고 혼자 여행을 계속했다.

나가노의 친척 집에 들러 이 체험담을 이야기하니 "그거 자시키와라시[도호쿠 지방에서 복을 가져다주는 신으로 어린아이의 모습을 하고서 집을 지키는 정령. 와라시는 어린아이를 의미한다.] 아냐?" 한다. 그럴지도 모르겠다고 생각했다. 등 뒤에서 껴안은 것은 분명 성인 여성이었지만. 어쩐지 엄청나게 좋은 기운을 가져다준 듯한 기분이 떠나지 않았다. 그해 연말에 처음으로 쓴 소설이 상을 받았던 것을 떠올리면 역시 그건 좋은 기운이었던 모양이다.

그리고 몇 년 후의 황금연휴. 나는 진짜 자시키와라시의 출현을 체험하게 되었다. 무슨 증거로 진짜 자시키와라시라고 하느냐 묻는다면 아무런 확증도 없지만, 어쨌거나 '자시키와라시가 나오는 걸로 유명한 이와테현 도노시의 민박집'에 묵으러 간 것이다. 이전 해 취재를 위해 편집자 W씨와 함께 출장 간 도노에서 우연히 '자시키와라시가 나오는 민박집'을 소개받았다. 도노시의 관광과 직원이 안내해주었는데 "자시키와라시를 만나고 싶으세요?"라는 질문에 "만나고 싶어요!" 하고 W씨와 함께 대답했더니 그곳으로 데려다주었다. 그 이름마저 '민박집 꼬마'. 그런데 자시키와라시가 너무 인기라 와라시 짱(도노 사람들은 이렇게 부르고 있다)이 출현하는 방은 향후 일 년은 예약이 불가능했다.

"그럼 내년에 반드시 묵으러 올게요!" 하고는 망설임 없이 예약을 하고 돌아왔던 것이다.

그리고 W씨도 나도 여러 일들을 어떻게든 조정해 약속대로 다시 민박집 꼬마를 찾았다. 덧붙여 이번에는 중학교 시절의 친구 쓴 짱(오사카 거주)과 내 남편도 참가. 6첩 크기의 방 하나에 여자 셋 남자 하나, 나 말고 세 사람은 서로 처음 만난 거나 마찬가지인 상황이라 평소라면 있을 수 없는 일이지만, 한 방에 이불을 깔고서 밤을 맞이했다.

그런데 이 민박집 꼬마는 굉장히 온화하고 좋은 기가 흘렀다. 작년에 잠깐 발을 들여놓았을 뿐인데도 그것을 느꼈다. 그리고 숙소의 주인 내외분이 에비스 신[일본 신화 속 어업의 신, 또는 장사가 번창하게 하는 수호신]과 변재천[불교에서 노래를 맡은 여신으로 비파를 타고 아름다운 소리로 중생을 기쁘게 한다]처럼 복이 많고 참으로 좋은 기를 자아내고 있었다. 그래서 와라시 짱이 출현하든 말든 이 숙소에 머물 가치가 있음을 직감했다. 와라시 짱 방에는 와라시 짱을 만나고 싶어 하는 투숙객이 바친 인형(도라에몽이나 피카츄 등의 캐릭터 상품)과 빨간 파자마(와라시 짱은 빨간 기모노를 입고 있다는 것 같다)가 선반 가득 장식되어 있었다. 우리는 그 선반을 머리 위쪽으로 자리 잡고 누웠다. 분명 모두 긴장상태였을 텐데도 바로 잠이 들고 말았다.

그리고 한밤중인 세시 무렵 삐삐삐…… 하고 낯선 전자음이 인형 선반에서 들리기 시작해 눈이 떠졌다. 소리는 삼십 초 정도에서 딱 그쳤다. 혹시? 생각한 순간 머리 위의 선반에서 휙 하고 뭔가가 날아오는 기척이 나더니 나와 W씨의 이불 사이 작은 틈으로 털썩 내려앉았다. 우와, 왔다! 내가 바로 다음 순간에 한 일은 기도. 이게 무슨 별똥별이냐며 핀잔을 주고 싶은 모양새였을 테지만, 아무튼 이때다 하고 그 순간을 위해 준비해온 기도를 했다. 그리고 그대로 다시 쿨쿨 잠이 들었다(내가 생각해도 배짱 참 좋다).

굉장했던 것은 그 뒤에 꾼 꿈. 한마디로 팥밥 꿈이었다. 그 외에 아무것도 없는, 오로지 맛있어 보이는 팥밥이 모락모락 따끈한 김을 내고 있을 뿐. 눈을 떴을 때 뭔가 해냈다는 묘한 성취감이 있었다.

W씨나 쓴 짱에게 물어보니 "전자음은 들렸지만 '털썩' 하는 소리는 못 들었어"란다. 남편은 아예 "자고 있어서 아무 소리도 안 들렸어"라고. 이 남자가 제일 배짱이 좋군.

그 전자음은 과연 어디에서 들려왔을까 싶어 여자 셋이서 선반 위의 장난감을 전부 점검해봤으나 확실치 않았다. 알람시계가 있는 것도 아니었다. 정말로 불가사의했지만 그 이상

캐내는 것은 관두었다. 모처럼의 신비체험, 미스터리인 채로 놔두는 것이 이득인 기분이 들어서.

변재천 같은 주인아주머니에게 "와라시 짱이 나왔어요" 알리자 "잘됐네요"라며 기뻐해주었다. 다른 투숙객에게도 축하한다며 축복을 받아 어쩐지 좋은 기분. 앞으로 좋은 일이 기다리고 있을 것 같은 기분으로 가득해졌다.

덧붙여두자면 와라시 짱이 출현한 순간에 초속으로 염원했던 기도 내용은 비밀. 다른 사람에게 알려주면 이루어지지 않을지도 모르니까. 나 제법 신심을 다해 기도했구나.

와라시 짱 그 꿈의 의미 언젠가 알려줘.

'좋은 기'가 흐르는 장소와
'나쁜 기'가 흐르는 장소는
확실히 다르다.

여행을 할 때 나는 항상 하이 앤 로high & low를 즐긴다.

지극히 개인적인 정의지만, 정반대 위치에 있는 호텔이나 음식 및 쇼핑, 그리고 체험을 한 여행 안에서 한꺼번에 해버리는 것이 여행의 하이 앤 로다. 끝내준다! 하면서 무의식중에 흡족해하는 호화로운 체험을 하는 한편, 현지의 낯선 아주머니에게 "이거 이렇게 값이 싸도 괜찮나요?" 말하지 않고서는 못 배길 만큼 얻는 것이 많은 체험. 이 상반되는 두 체험을 향유한다.

원래 나는 호화 여행을 하는 인간이 못 된다. 그야 어느 여성잡지에서 제창하고 있을 법한 '우아한 어른 여행'에 대한 동경은 있다. 슬림한 흰 바지에 샤넬 재킷, 커다란 버킨 백에

1박 2일치 세련된 옷을 담아 골프로 그을린 남편이 운전하는 메르세데스를 타고서 이즈의 고급 전통 료칸에 가는 사람도 이 넓은 세상에 몇 명쯤은 있을 것이다.

내 경우 버킨 백도 메르세데스도 없지만, 캐리어를 끌고 전철과 버스를 갈아타고서 이즈의 대대로 이어오는 료칸에 묵은 적은 있다.

죄다 고급이기만 한 여행은 분명 거북스러워 마음 편하게 쉴 수 없을 것이다. 그렇다고 이 나이 먹고 거침없는 저예산 여행은 또 너무 쓸쓸하다. **청춘18 티켓**[하루 동안 JR 보통열차와 쾌속열차를 무제한 이용할 수 있는 티켓]**으로** 보통열차를 환승해 살풍경한 비즈니스호텔에 투숙하며 근처 패밀리레스토랑에서 저녁을…… 이것도 꽤 울고 싶은 설정이다. 서민적인 여행도 좋지만 그 안에 아주 조금 고급스러운 무언가를 섞을 수 있다. '고급'과 '저렴'이 절묘하게 균형을 이루는 여행이야말로 분명 가장 마음 편안할 테니까.

이처럼 여행에 있어서는 '하이'만이 아니라 '로' 부분에도 애착을 느끼는 나지만, 회사원 시절에는 끝없이 고급 여행을 한 적도 있다. 자력이 아닌 타인의 힘으로.

예전에 근무했던 회사의 사장 부부가 미술관을 설립하려

리서치와 인적 네트워크 구축을 위해 세계 각국 미술 관계자며 큐레이터를 만나러 해외 답사를 감행한 적이 있다. 사장은 진정으로 고급스럽고 그 영부인은 우아하고 당당한 품격을 지닌 성숙한 여성. 만나는 사람들도 당연히 슈퍼리치, 슈퍼셀럽뿐. 초일류 호텔에 묵고 초일류 레스토랑에서 식사하며 초일류 서비스를 받는다. 각국 각지에서 상사 지점장이니 영사관 직원이니 하는 사람들이 부부의 도착을 기다리고 있었다. 삼십대의 수행 직원이었던 나는 애써 가식적인 웃음을 계속 지을 뿐. 긴장한 탓에 미슐랭 별 세 개를 받은 레스토랑의 식사도 넘어가지 않고 4성급 호텔의 침대에서도 잠을 깊이 못 잤다. 정말이지 괴로울 따름이었다. 생각해보면 그 무렵이었다. 10센티미터짜리 구찌 힐을 신고 자료들로 빵빵하게 부푼 프라다 백을 어깨에 메고 "〈밀로의 비너스〉는 여기입니다!" 하고 부부를 안내하며 루브르박물관을 바삐 돌아다니다가 계단을 헛디뎌 발목을 접질린 것이. ……비참함을 넘어 재미있을 정도다.

　나 같은 보통사람, 지극히 평범한 경제 감각을 지닌 인간이 타인의 힘이긴 해도 진정한 고급을 체험하게 되면 무슨 일이 일어날까. "나는 화려한 여행만 취급합니다. 4성급 호텔에 3성 레스토랑, 도합 7성급 미만은 사양입니다" 따위의 말을 내뱉는 캐릭터로 변하면 완전히 시라토리 레이코[〈시라토리 레이코입니다!〉라는 만화 주인공으로, 세상 물정 모르는 대부호의 외동딸]가 되겠지만, 그게 전혀 다른 방향으로 움직인 것이다.

타인의 힘으로 실컷 고급 여행을 체험한 이후 내게는 평범한 것이 이전보다 더욱, 견딜 수 없이 사랑스러워졌다. 편안한 옷으로 몸을 감싸고 현지의 교통수단을 갈아타며 값싼 숙소에 묵으면서 값어치 있는 민예품 등을 발견해 손에 넣는다. 이게 내가 가장 좋아하는 여행 본연의 모습이지 싶다. 다만 여기저기에 여행지의 풍요로움을 느끼게 해주는 '고급 한 가지'가 섞여 있으면 고맙다. 3박 4일 여행이라 치면 1박 정도는 유명 료칸에서. 세 끼 식사 중 한 끼 정도는 현지의 유명 초밥집 카운터에서. 구매하는 민예품도 하나 정도는 줄곧 갖고 싶었던 작가의 작품을. 옷도 한 벌 정도만 디너용 원피스를 들고 간다. 이런 느낌으로 가벼운 여행에 아주 조금 '하이' 요소를 섞는다. 그렇게 함으로써 여행은 한층 더 즐거워진다.

《방랑가 마하》의 정규 멤버 오하치야 지린과 둘이서 일본 각지를 도는 어슬렁여행에는 항상 하이 앤 로가 들어가 있다. 고급 료칸에서 멋진 서비스에 몸과 마음을 맡기고서 편안하게 보내는 경우도 많으나, 전망 좋은 욕탕이 딸린 합리적 가격의 비즈니스호텔에 묵으며 "역시 탕이 크니 좋네" 하면서 개방감을 맛볼 때도 있다. 일류 갓포요리로 현지의 신선한 생선을 즐긴 다음 날 아침에는 상점가 한구석의 찻집에서 아침을 먹는다. 역 빌딩의 무인양품에서 파격적인 가격으로 세일 중인 레깅스를 산 뒤 현지의 젊은 멋쟁이들이 모이는 멋진 거리에서 정가표가 붙은 원피스를 충동구매한다. 그런 식으로 만사 균형을 맞춰 하이와 로를 즐기고 있다.

어느 여름날도 지린과 함께 긴 여행을 나섰다. 5박 6일 일정으로 주제는 '니가타에서 고원 리조트로 진격'이었다. 올해는 폭염인 탓에 해발 1,000미터 이상의 장소로 피난 가고 싶었다. 여행의 오프닝은 니가타 시내에서 예의 그 큰 욕탕 있는 비즈니스호텔에 묵고 점심은 초밥집에서, 밤에는 B급 맛집에 간다. 그 이후에는 유명 료칸, 고원 리조트호텔로 숙박지의 등급을 올려 여유롭게 즐긴다는 계획. 로가 먼저, 뒤는 역시 하이가 되는 것이 핵심이다.

니가타에서의 첫날은 소박하게 시작해 둘째 날에는 이와무라 온천에 있는 유명 료칸 '유메야'에 투숙했다. 방, 서비스, 온천, 그리고 요리, 모든 것에 별 다섯 개를 주고 싶을 만큼 굉장했다. 황홀해진 기분 그대로 간선 전철로 묘코 고원으로. 1937년에 문을 열어 2008년에 리뉴얼한 '아카쿠라 관광호텔'에 묵었다.

이 호텔에서 지린은 고원 리조트에 홀딱 반했다. 도시의 요란함도 일도 잠시 잊고 "아, 정말로 좋은 곳이네……" 하면서 완전히 '우아한 어른 여행'을 만끽. 푸른 고원이 내다보이는 노천탕이 딸린 방에서 유유자적했다. 왕실 사람들도 즐겼다는 유서 깊은 프랑스요리를 먹을 때는 평소의 '어슬렁복장'(줄무늬 스웨트팬츠와 티셔츠)이 아니라 근사한 원피스를 입고 임했다. 우리도 이런 사치가 가능한 나이가 되었구나 싶어 꽤 기분이 좋았다. 앞으로는 로 없이 하이에만 힘써도 괜찮겠다면서.

그게 문제였을까. 다음 날 급전직하하는 사건이 여행길의 우리를 기다리고 있었다.

아주 기분 좋은 상태로 다음 날 우리는 노지리 호숫가의 산뜻한 호텔 'A'에 투숙했다. 이곳 역시 유서 깊은 호텔로, 리뉴얼했는지 꽤 근사했다. 더구나 업그레이드되어 세미스위트룸으로 안내받는 행운까지.

그런데 유감스럽게도 온천이 없다. 허나 이곳은 유명 호텔, "희망하시는 분은 하루 두 번 제휴 료칸의 온천으로 픽업 서비스를 해드립니다" 하는 게 아닌가. 이 엄청난 마음씀씀이. 네시 반 출발인 선발대로 바로 예약했다.

힘차게 픽업버스에 타니 그 안에는 '멋진 호텔에서 호화로운 1박, 거기에 온천까지!'에 마음 들뜬 십수 명의 성인 투숙객이 출발을 기다리고 있었다. 모두 모 여성지에 나오는 '우아한 어른 여행'을 상상하고 있음이 틀림없었다. 그래, 이 버스를 메르세데스라고 생각하면 된다. 편백나무 향으로 가득한 넓고 편하게 쉴 수 있는 온천이 우리를 기다리고 있다. 아, 꿈의 리조트여.

버스로 이십 분. "자, 도착했습니다." 운전기사의 재촉에 내린 우리 눈앞에는 본 적 없는 매우 낡은 료칸이 우뚝 솟아 있었다. "……" 우리 일행은 순간 말문이 막혔다. "자 여기로" 하며 모 양판점에서 맞춘 듯한 복장의 여주인이 안으로 이끈다. 억지로 화장실용 같은 슬리퍼를 신기고는 안쪽 깊숙한 곳으로 데려간다. 4첩 반 크기의 방 같은 탈의실에서 모두 한꺼번에 탈의. 단번에 몰려든 욕실에는 지나치게 평범한 큼지막한 욕탕. 여러 명이 우르르 들어가니 토란을 씻는 통으로 변한다. 정말이지 진정하고 들어갈 수가 없다.

체념하고서 역시 모두 한꺼번에 탕에서 나온다. 한꺼번에 옷을 입고 한꺼번에 로비로 돌아간다. 모두 말이 없다. 이 시점에서 어른 여행의 스위치는 완전히 꺼져 있었다. 모두 한

시라도 빨리 여기서 도망치고 싶어 한다는 것을 알 수 있었다. 그리고 로비로 돌아온 순간 우리가 본 광경은……

"자자, 모두들 조용! 잘 들어, 목욕은 다섯시 반부터! 규칙 지키고 들어가도록!"

로비를 가득 메우고 있던 것은 무려 중학생 무리였다. 아무리 봐도 중학생, 땀으로 얼룩덜룩 더러워진 순진무구한 남녀 서른 명. 쩅쩅한 열기를 내뿜고 있다. 그 냄새와 숨 막힐 듯한 열기에 조금 전 탕에서 올라온 전원이 "우왓!" 하고 몸을 뒤로 젖힌다. 지린은 어쩌면 좋아, 하며 아예 ㄱ 자리에서 얼어붙고 말았다. 중학생들이 우르르 안으로 이동하는 모습을 보고 "저 아이들과 같이 목욕 안 해서 다행이야……" 중년

모 디자인호텔의 제휴처 'ONSEN' 숙소 로비에서

여성이 혼잣말을. 아니, 완전 동감.


　다섯시 이십분. 겨우 픽업버스가 왔다. 아 드디어 세련된 분위기의 장소로 돌아간다며 모두 안도하는 표정을 짓는다. 서둘러 타려고 버스에 다가가 문을 열자…….

　"자, 도착했습니다. 내리세요."

　아까 그 운전기사의 목소리가 나면서 안에서 우르르 손님이 내렸다. 우리는 너나없이 흠칫했다. 그렇다. 이들은 하루두 번 운영하는 온천 서비스의 후발대 사람들. 즉 다섯시 반이 되면, 그 토란 씻는 통 같은 탕에서 땀과 천진난만투성이 중학생들과 맞닥뜨릴 운명의 사람들…….

　선발대는 전원 아무 말 없이 버스에 올라탔다.

　"나 저 사람들 얼굴 똑바로 못 보겠더라……."

　돌아오는 버스에서 지린이 말했다. 나도 정말로 같은 마음이었다. 궁극의 하이 앤 로. 우리에게는 역시 이게 어울린다.

　자네들. 고원리조트라고 우쭐해 마라. 그런 속삭임이 어디선가 들려오는 듯했다.

어째서일까, 나는 여행지에서 반드시라고 말해도 좋을 만큼 인상 깊은 '아저씨'를 만난다. 물론 인상 깊은 아주머니도 만나지만 압도적으로 인상 깊고 친절하면서도 재미있는 건 아저씨다. 어떤 법칙이 작용하고 있는 것인지 모르겠으나 여행지에서 좋은 사람이네, 재미있네, 때로는 이상하네, 라고 느끼는 건 아저씨가 많다.

낯선 아저씨와의 우연한 만남이 그대로 인생을 바꾸기도 한다.

내가 소설을 쓰기 시작한 계기가 된 것은 여행지에서 한 남성과 '개'와의 만남이었다. 작가가 되기 전부터 나는 정처 없이 홀쩍 방랑여행을 나서는 것이 일상이었는데, 그때도 원래 갈 예정은 아니었던 오키나와의 이제나 섬이라는 외딴섬을 방문했다. 그 전날 묵은 민박집 여주인이 "좋은 곳이니 가봐요" 하며 추천해준 곳이었다. 그럼 가볼까 싶어 갔다가 아름다운 해변에서 검은 개와 장난치는 남성을 만났다. 이렇게 적으면 독자 여러분의 머릿속에서는 영화배우 다마야마 데쓰지 같은 미남이 등장할지도 모르겠지만, 당연히 평범한 아저씨였다. 굉장했던 것은 개였는데, 아저씨가 산호 덩어리를 바다에 던지자 첨벙 물속으로 몸을 날리더니 다시 물어오는 것이었다. 나는 휘둥그레진 눈으로 잠시 바라보다가 호기심을 거역하지 못하고 그만 말을 걸었다. "이 멍멍이 대단하네요. 이름이 뭐예요?" 그러자 아저씨가 대답했다. "카후입니다." "재미난 이름이네요, 어떤 의미인가요?" "오키나와 말로 '행복'이라는 의미지요." 그 순간 어떤 영감 같은 것이 내 안에 쿵 하고 떨어졌다. 오키나와 외딴섬의 해변에서 '행복'이라는 이름의 개를 만났다. 그야말로 그 순간 내 데뷔작《카후를 기다리며》가 싹텄다. 이 섬아저씨, 나카 씨의 작명 센스가 내 작가 인생을 결정지었다고 말해도 좋다. 이때 만난 개의 이름이 흔한 '쿠로'나 '존'이나 '시사'였다면 분명 나는 아무런 영감도 얻지 못해 소설 쓰기에 이르지 못했을 거다.

오키나와에서는 지방 풍습 때문인지 그 말고도 다양한 재미있는 아저씨를 만났다. 어부 가쓰오 씨도 잊을 수 없는 한 사람. 무엇보다 이름이 가쓰오[가다랑어]. 맨손낚시의 명수로, "나는 생선의 친구니까요"란다. 친구라면서 잡아먹는 것이다. 이 가쓰오 씨와는 앞에서 말한 민박집에서 만났는데, 아주 짙은 눈썹과 심하게 울퉁불퉁한 이목구비, 우람한 골격에 새까맣게 그을려 있어 나이를 전혀 짐작할 수 없는데다 국적도 알 수 없을 정도였다. 술이 엄청 세고 산신[오키나와의 전통 현악기] 연주와 노래도 잘한다. 틀림없이 여성에게 인기가 많을 거라 생각했는데, 일 년 후에 재회했을 때 묘령의 여성과 함께 있었다. 예의 그 민박집 여주인 말에 의하면 여성은 고베 출신의 이혼녀로, 상심을 안고 오키나와를 여행하다가 가쓰오 씨를 만나게 되었다고 한다. 덧붙여 가쓰오 씨는 당당히 네 번의 이혼 경력. 생선뿐만 아니라 여성을 낚는 데도 명수인 모양이다. 가쓰오 씨는 작가로 데뷔하고서 오키나와에 돌아온 나를 위해 행복을 기원하는 민요를 불러주었다. 정말 좋은 아저씨였다.

이혼 경력 다섯 번의 오키나와 아저씨도 만난 적이 있다. 꽤 이상한 아저씨로, 그 이름도 '캔디'. 어부와 다이빙 강사와 휴대폰 판매를 하고 있다고 했다. "다이빙 체험 안 할래요?"라며 부추겨서 나는 이 재밌어 보이는 아저씨를 그만 렌터카

조수석에 태우고 말았다. 과연 다이빙 명소로 이동하면서 들은 이야기는 강렬했다. 캔디 씨에게는 아이가 다섯 명 있는데 아이 엄마가 모두 다르단다. "내가 지금 마흔일곱 살인데 첫째가 서른여섯 살입니다"라나. 뭐?! "그게 말입니다. 상대는 피아노 선생님이었지요"라고 한다. 피아노라는 부분이 거짓말 같지만 단숨에 망상이 속도를 내고 말았다.

전국을 여행하며 돌아다니면서 자주 하는 생각은 지방에 가면 재미있는 아저씨도 물론이거니와 친절한 아저씨가 많다는 것. 도시에서는 아저씨와 난데없이 접촉하는 일이 적어서인지 '요즘 아저씨 친절하네……' 하고 진지하게 생각하는 일 같은 건 없다. 하지만 지방에 가면 길을 찾을 때나 위기 상황에서 지나가는 아저씨에게 도움을 요청하면 바로 손을 빌려주는 경우가 자주 있다. 들어간 식당에서도, 전철이나 버스에서도 친절한 사람은 왠지 매번 '아저씨'다.

작년 여름의 일인데, 나는 언제나처럼 오하치야 지린과 어슬렁여행으로 도호쿠를 방문했었다. 한 간선 전철역에서 열차 대기시간이 약 한 시간이나 있었다. 그다지 볼만한 곳도 없는 어쩐지 쓸쓸한 동네라 우리는 하는 수 없이 역 앞 햄버거가게에 들어갔다. 맥도날드나 롯데리아가 아니라 지극히 수수한 가게였다. 가게 안은 한산했고 그 동네만의 쓸쓸함이 묻어났다. 보통 햄버거가게에서는 젊은 직원이 "어서 오세요 반갑습니다!" 하고 생기 있게 인사를 건네는데, 이 가게는 달랐다. 앞치마를 두르고 작은 모자를 머리에 살짝 얹은 아저씨가 "어서 오세요"라며 정중히 고개를 숙였다. 회사로 치면 부장급 연령의 아저씨. 순간 위화감을 느꼈으나 나는 감자튀김과 콘수프를 포장 주문했다. 샌드위치를 들고 있던 참이라 열차 안에서 점심으로 한껏 분위기를 내려는 생각이었다. 그런데 아저씨가 묻는다, "전철을 타실 건가요?" 그렇다고 대답하니 "그 전철 타기 직전에 수프와 감자를 만들어줄게요"라고 한다. "뜨거워야 맛있으니"라면서. 나는 뭐랄까 그 한마디에 정말 감동했다. 앞에서도 말했다시피 나는 뜨거운 음식은 뜨겁게 먹자는 주의다. 그래서 아저씨의 제안은 솔직히 기뻤다. 그리고 자신의 가게 음식을 맛있게 먹게 해주려는 마음도 전철을 기다리는 여행자에 대한 배려도 기뻤다. 아저씨가 어떤 이유로 그 가게에서 일하고 있었는지는 모른다. 하지만 나는 그런 마음씀씀이와 친절함을 갖춘 아저씨가 있는 그 동네에 새삼 애정을 느꼈다. 그날 전철 안에서의 점심이 특별히 맛있었던 것은 말할 필요도 없다.

지방에서 친절한 아저씨는 택시를 타고 온다. 다시 말해 택시 운전기사다.

지방의 운전기사는 정보의 보물창고다. 인터넷 따위가 도저히 당해낼 수 없는 생생한 정보를 무진장 갖고 있다. 때로는 동네 역사나 명사 이야기, 최근 현지에서 일어난 사건들도 말해준다. 설령 기본요금 거리밖에 타지 않는 경우에도 나는 반드시 어떠한 정보를 운전기사에게서 끌어내려 시도한다. 생각해보시라, 살아 있는 가이드북을 펼치지 않고 가만히 내버려둔다니, 아깝지 않은가.

며칠 전 현대예술 행사인 '세토우치 국제예술제'를 찾았다. 세토우치의 섬들에 예술작품이 전시되어 배로 돌면서 예술 삼매경에 빠져보는 신나는 기획. 친구이자 큐레이터인 다카하시 미즈키와 함께 다카마쓰로 들어갔다. 다카마쓰에서 페리로 이섬 저섬을 이동하는 절차였는데, 배가 고프면 안 되니 우선은 우동가게로 직행하기로 했다. 미즈키는 다카마쓰 우동 첫 체험이고 나는 두 번 정도 경험했지만 여기다 싶은 가게는 아직 만나지 못한 터였다. 오늘은 놓치고 싶지 않다는 마음으로 일부러 택시를 타고 가기로 했다. 그렇다, 택시 운전기사와 면의 뜨거운 관계를 나는 알고 있었다. 전국 택시 운전기사의 99퍼센트는 단골 면가게가 있다(아마도). 하물며 다카마쓰의 운전기사다. 즉흥적으로 택시에 타자마자 나는 인터넷으로 검색을 끝낸 관심 가는 우동가게 '지쿠세이'를 알려줬다. 그러자 아저씨 택시기사는 "맛있는 우동이 먹고 싶다면…… 여러 군데 있어요"라면서 슬쩍 뒤로 잡지를 건넸다. 표지에는 《멘쓰단麵通団》이라고 큼지막하게 쓰여 있었다. 오옷, 이건 전설의 시코쿠 지역 우동정보 잡지가 아닌가!

"지쿠세이는 붐비면 가게 줄이 모퉁이를 돌아서까지 늘어서요. 그럼 포기하는 게 좋아요. 그 대신에 내가 이 주변에서 제일이라 생각하는 우동가게에 데려다줄게요. '마코토우동'이라는 곳인데……."

그리고 우동 강의가 시작되었다. 다카마쓰 여성은 결혼할 때 우동 뽑는 막대를 받지요. 우리 마누라도 그것만큼은 해서 친정에서 막대를 받았어요. 그 막대로 우동을 뽑고 발로 반죽하잖아요. 사누키우동은 탄성이 생명이니까. 얼마나 탄성 강한 좋은 우동을 만들 수 있는지가 좋은 아내를 판단하는 기준이었지요…… 어쩌고저쩌고. 택시기사는 강의에 열중했다. 어느 정도 열중했는가 하면 깜박하고 지쿠세이 앞을 지나치고 말았을 정도다. 나와 미즈키는 그의 우동에 정통한 열성적인 모습에 "마코토에도 꼭 들러야겠네요……" 하며 다짐했다.

그렇게 말하자 아저씨가 웃으며 말했다. "그럼 미터기 끄고 기다릴 테니 먼저 지쿠세이에서 먹고 와요." 택시는 어느새 우동가게를 순례하는 VIP 차량이 되었다.

지쿠세이는 소문대로 맛있었다. 쫀득쫀득한 우동 면발에 갓 튀겨낸 어묵, 그리고 명물인 삶은 달걀 튀김을 올렸는데 고작 290엔. 말도 안 된다. 그 후 아저씨의 지령대로 먹으러 간 마코토우동은 더욱 놀라운 맛. 우동의 쫄깃함이 떡으로 착각할 정도. 거기에 튀김 가득, 이것도 500엔. 참말입니까. "마코토 주인이 왕고집이긴 해도 우동 뽑는 솜씨 하나는 굉장해요." 아저씨가 말한 대로 완고해 보이는 주인이 묵묵히 우동을 삶고 있는 뒷모습도 인상적이었다.

매우 만족하며 마코토우동을 나와 택시에 올라타 "이야, 최고로 맛있었어요!" 우리가 말하자 "내 말이 맞지요?" 하는 아저씨, 옆을 돌아보며 웃는다. 그리고 "실은 그 주인…… 부모가 혼혈이랍니다" 하고 밝힌다. 뭐?! 우리는 소스라치게 놀랐다. "그러고 보니 미남이었어……" 미즈키가 중얼거렸다. 아니, 나는 그보다 택시기사가 어떻게 그런 정보까지 알고 있는지에 반응한 거였는데.

이렇게나 친절을 누리고 어떻게 감사 인사를 건네야 좋을지. 택시를 내리기 전에 우리가 감사의 뜻을 표하자 아저씨가 말했다.

"우동만 먹어준다면 그걸로 됐어요."

이런 명대사는 내 인생에서 들은 적이 없다. 우리는 아저씨를 '우동 대사'로 부르기로 했다. '우동 천사'도 괜찮겠다. 여행지에서 사랑과 평화를 가져다주는 건 역시 아저씨다.

화려했던 버블경제 시절 일본 젊은이들의 여행 목적은 오로지 '새로운 것을 찾으러'였던 것 같다. 여행뿐만 아니라 '새로움'와 '고급'이 그 시절의 키워드였다.

연애에 소극적인 지금의 초식계 젊은이들에게는 상상조차 어렵겠지만, 크리스마스이브에는 시티호텔 스위트룸에 애인과 묵고 프렌치레스토랑에서 저녁을 먹으며 티파니 반지를 선물로 받는 것이 여자로서 최고의 지위라 일컫던 시대다. 여유롭게 집밥이니 카페에서 따끈따끈한 점심이니 하는 태평한 소리를 하면 완전히 시대에 뒤처졌다. 평일에는 악착같이 일하고 주말에는 교외로 나가 드라이브, 스키, 윈드서핑, 골프. 죽어라 일하고 죽어라 놀며 펑펑 돈을 쓰는 그런 시대였다. 그런데 앞에 열거한 쓸데없이 외국어가 많은 버블적인 여가활동 중 무엇 하나도 나는 경험이 없다.

새롭고 비싼 물건, 우아하고 호화로운 여행을 막연히 동경하는 지극히 평범한 대학생이었던 나는 가정의 경제적 사정으로 실제로는 완전히 그 반대인 학생 생활을 할 수밖에 없었다. 월 7,000엔에 욕실 없는 공동화장실이 딸린 4첩 반짜리 하숙방에서 생활했으며, 공동주방에서 동전을 넣어야 작동하는 가스풍로(십 분에 10엔 정도)를 사용해 양배추를 볶아 그것을 주 반찬으로 밥을 먹었다. 대중목욕탕 260엔은 상당히 큰 지출이었기에 여름에도 이틀에 한 번으로 참았다. 그런 눈물겨운 노력으로 절약했던 터라 여행은 언감생심 꿈도 못 꾸었다. 그래서 친구들이 로스앤젤레스에서 홈스테이를 하거나 하와이로 여행을 가거나 남자친구의 벤츠로 고원 리조트호텔로 드라이브 가는 모습을 그저 우두커니 바라볼 뿐이었다. 내 마음과 상관없이 자동적으로 느긋할 수밖에 없었다. 아니, 흐물흐물 녹초가 된 모습인가. 아니면 맥 빠진 모습이었으려나.

친구들이 눈부시게 아름다운 빛 속에서 즐겁게 춤추고 있는데 혼자 그곳에 끼지 못한 쓸쓸함. 그런 청춘시절 원체험이 어쩌면 그 이후의 나를 몰고 갔는지도 모른다. 예스럽고

정겨운 것, 촌스러운 거리나 시대에 뒤처진 듯한 가게, 변하지 않은 곳으로의 여행으로.

내가 학창시절을 보낸 고베는 이국적이면서 복고적인 분위기가 있는 도시로 알려져 있다. 글로벌화가 진행된 현재는 무엇을 '이국적'이라 일컫는지 모르겠으나, 예나 지금이나 어딘지 모르게 일본스럽지 않은 분위기가 떠돌고 있는 것은 사실이다. '복고적'이라는 것도 어쩌면 '완고하게 변하지 않는다'고 바꿔 말할 수 있을지도 모른다. 다시 말해 옛날 그대로 변함없이 있는, 그럼에도 그것이 견딜 수 없이 멋진 도시다.

지금 생각해보면 가장 감수성이 풍부하면서도 가장 가난했던 시기를 이 도시에서 보내면서 나라는 인간의 근간이 형성되었던 것 같다.

1980년대 고베는 두 가지 의미로 매력적이었다. 하나는 나와 동세대 여성들이 '고베 걸'이라 불리며 남들보다 배로 새로운 것에 달려드는, 씩씩하고 세련되며 일본의 모든 여성이 동경하는 패션리더였다는 것. 또 한 가지는 패션리더는 결코 될 수 없는 나 같은 문외한도 쉬엄쉬엄 걷기만 해도 충분히 즐길 수 있는 요소가 거리에 넘쳐났다는 것. 새로운 것과 오래된 것의 공존이 절묘하게 성립하는 도시였다.

대학생인 나는 공부는 그럭저럭이었고 생활비를 벌기 위해 여러 개의 아르바이트를 했다. 그래서 매일이 정신없이 바빠 데이트도 쇼핑도 여행도 못 하는 처지였다(고 변명했었다). 그런 내가 유일한 취미로 삼았던 것이 고베 거리를 정처 없이 쉬엄쉬엄 걷는 거였다.

청춘시절에도, 어른이 되어서도 변함없이 쉬엄쉬엄 걷기에 고베만큼 어울리는 거리는 없다. 걷다 보면 어느새 산노미야역에서 모토마치역, 나아가 고베역으로, JR고베선 역을 세 정거장 정도 걷는다. 선로의 고가 아래로 비좁게 어깨를 맞댄 듯이 빽빽하게 늘어서 끊임없이 이어지는 가게 앞을 구경하며 나아가는 것이 즐겁다.

고베에서 모토마치로 한 정거장을 돌아와 모토마치 상점가로 걸어간다. 오래된 커피숍이며 빵집, 수입 구두점, 아동복 부티크, 더 들어가 차이나타운으로. 스크램블교차점[통행량이 많은 번화가에 모든 차량의 진입을 막고 보행자가 어느 방향으로든 자유롭게 횡단할 수 있게 한 교차점]의 맞은편에 우뚝 솟은 건물은 다이마루 백화점 고베점. 그 건너편으로 걸어가면 예전에 외국인이 많이 살았다는 구 거류지가 보인다. 예스러운 석조 건물 대부분이 지금은 세련된 부티크나 레스토랑으로 모습을 바꾸었다. 그 끝에 가늘고 긴 붉은 장구 모양의 고베 포트타워가 유유히 서 있는 메리켄 파크에 도착한다.

갈매기가 날아다니는 부두에 잠시 멈춰 서서 지금껏 걸어온 방향을 돌아보는 순간이 긴 산책의 하이라이트다. 북쪽 하늘에는 푸른 롯코산 산맥이 마치 무대 배경처럼 누워 있다. 산맥에서 바다까지는 완만한 경사가 져 디오라마처럼 고베 거리가 펼쳐져 있다. 남쪽을 향해 트여 있어서 날 좋은 낮에 바라보면 건물이 햇빛에 하얗게 빛나 보인다. 나는 자주 그렇게 산노미야나 모토마치에서 메리켄 부두까지 빠르게 걸어가 뒤돌아서 거리를 바라보는 순간을 즐기곤 했다. 아침 안개 속 잠에서 눈을 뜨는 거리. 저녁놀에 붉게 물드는 거리. 비에 흐려지는 거리. 그리고 밤이 되면 빛나는 보석상자로 바뀌는 거리.

비록 지갑이 가벼웠어도 미래가 뿌연 안개 속에 있었어도 고베의 거리를 걷고 거리를 호흡하며 거리를 바라보면 언제나 기운이 났다. 지금 와서 생각하면 그만큼 새롭고 호화로운 체험은 그 어디에도 없었던 듯싶다. 오래된 거리를 걸을 때마다 매번 새로운 발견이 있었다. 세련된 노부인을 마주치기도 하고, 케이크가게에 진열된 새로운 케이크나, 꽃집 앞에 은은한 계절 꽃의 향기, 오래된 빌딩 입구의 우아한 디자인을 발견하기도 한다. 그 모든 것이 내 것이었던 셈이다.

고베의 거리는 확실히 그 시절 나의 것이었다. 그 거리에 사는 모든 사람이 분명 나와 같은 마음이었으리라. 신기한 포용력과 자석같이 끌어당기는 힘을 지녔던 정말로 드문 거리라 생각한다.

지금도 이 년에 한 번 정도는 그리운 고베로 돌아온다. 그때마다 찾는 장소가 메리켄 파크 이외에 세 곳이 있다.

한 곳은 유럽식 요리점 '몬'. 엄청나게 맛있는 돈가스를 먹게 해주는 레스토랑으로, 고베 거주자라면 모르는 사람이 없지 않을까 싶다. 듣자하니 고베 항구가 개항한 무렵부터 존재했다고 하는 유서 깊은 노포다. 이곳의 돈가스정식을 맛보지 않고 고베를 떠나지 마시라. 소박한 느낌의 접시 위에 새우튀김 같은 형태의 안심돈가스 대여섯 조각, 빛나는 조연은 카레 풍미를 더한 삶은 양배추. 바삭바삭한 튀김옷 속에는 따끈따끈한 부드러운 고기, 이것을 후후 불며 먹는 순간의 행복이란. 여기에 하얀 쌀밥과 양파가 들어간 붉은 된장국이 또 절묘한 조화다.

두 번째는 모토마치 상점가의 샛길에 있는 커피숍 '에비앙'. 전후 얼마 지나지 않아서 문을 연 노포로, 커피가 싸고 맛있다. 나비넥타이를 맨 마스터가 카운터에서 사이폰 커피를 내리고 무뚝뚝한 아주머니가 그것을 테이블로 가져다준다. 가게 안은 이웃 아저씨 아주머니로 언제나 붐빈다. 신문을 펼쳐놓고 담배를 피우더니 커피 한잔을 만끽하고는 냉큼 나간다. 요즘 카페의 여유로움은 전혀 없다. 뭐랄까 아저씨 아주머니가 '꿋꿋이 살아가고 있다'는 느낌이 나는 찻집이다. 내가 아직도 여행지에서 찻집을 필사적으로 찾는 이유는 이 에비앙의 모습을 추구하기 때문이다.

그리고 마지막으로 잊을 수 없는 내 청춘의 장소. 토어로드 위로 조금 올라가 샛길에 들어선 지역 기타나가사에 있는 잡화점 'ONE WAY'. 오픈한 지 사반세기 이상이 되는, 아트북이며 우편엽서 및 수입 잡화를 판매하는 가게다. 지금은 기타나가사가 세련된 잡화 구역으로 유명한데 그 붐의 계기를 이 가게가 만들어냈다.

내가 대학생이던 시절 평소와 같이 쉬엄쉬엄 걸으며 무심코 헤매던 뒷길에 갓 문을 연 이 가게가 있었다. 한걸음 발을 들인 순간 신기한 감각을 느꼈다. 아무도 없는 수영장의 물 밑바닥으로 천천히 떨어져가는 듯한. 심플한 내부장식은 오래된 건물에 잘 어울렸으며 배경음악도 들어본 적 없는 아주 심오한 음악(후에 그것이 환경음악이라는 것을 알았다). 여분의 열을 빼앗는 물의 차가움이 있는 어른의 공간. 나는 한눈에

이 가게와 사랑에 빠졌다.

이후 뻔질나게 드나들었는데, 값비싼 양서 같은 걸 살 돈은 당연히 없었다. 동경의 눈빛으로 바라볼 뿐. 아무것도 사지 않고 몇십 분을 보냈다. 그럼에도 계산대에 있는 여성(짧은 보브단발, 검은 옷, 뭔가 아주 좋은 향을 몸에 걸친 어른 여성이었다)은 그저 조용히 실내에서 단 한 명뿐인 손님을 지켜봐주었다.

가게를 드나든 지 한두 달이 지났을 무렵 돌연 그녀가 말을 걸어왔다. 혹시 시간이 있으면 우리 가게에서 아르바이트 안 할래요? 그녀의 이름은 무쓰미 씨, 가게의 유일한 직원이자 주인이었다. 아주 뻔질나게 와서 열심히 이것저것 찾고 있었으니 어지간히도 이 가게에 흥미가 있는 것처럼 보였을 게다. 더할 나위 없는 제안이었다. 나는 다른 아르바이트와 병행하며 주말마다 들뜬 기분으로 가게에 갔다. 출근 전에는 에비앙에 들러 커피를 한잔. 급여를 받은 날에는 돌아가는 길에 몬에 들러 비싼 저녁밥을 먹는게 낙이었다.

이 시기에 ONE WAY에서 본 아트북이며 우편엽서가 그 이후의 내 진로(미술 관련 일)를 결정했다고 해도 좋다. 어른 여성의 본보기 같은 무쓰미 씨, 그 풍부한 감성 역시 내 인생에 빛을 던져주었다.

동경하는 무쓰미 씨

에비앙에서 뜨겁게 한 모금

우와~

새로 들어온 두아노의 사진집인데 좋아요~ 이거

거의 반삭

노메이크업

당시의 나는 아주 보이시한 스타일. 동경하던 브랜드는 '꼼데가르송'

DOISNEAU

※무쓰미 씨는 지금도 ONE WAY에 있습니다. 변함없이 멋진 여성.

한신[일본 긴키近畿 지방 오사카와 고베를 잇는 지역]·아와지 대지진 이 난 해, 나는 도쿄에 있었다. 앞으로 어쩌나 하며 남들보다 배는 마음을 졸였다. 그러나 그 후 고베는 놀랄 만큼 부흥을 이루었다. 반이 부서진 몬은 조립식 주택에서 영업을 재개했고, 에비앙은 지진 직후 커피를 싼값에 제공했다고 한다.

고베 거리는 아직도 활기차다. 변한 것도 있다. 그러나 변하지 않는 것도 많다. 그리고 그 거리가 내 보물이라는 사실은 영원히 변하지 않는다.

지금은 내 신분을 황송하게도 작가라고 말하고 있으나, 작가가 되기 전부터 방랑가 마하라 지칭했었다.

이십대 후반 무렵부터였나. 일 때문에 여기저기 출장을 다니느라 매우 빈번하게 이동하게 되면서 일로든 사적으로든 마구 이동하는 것이 지극히 평범한 라이프스타일이 되었다. 그리고 그 이동 자체가 이상하게 너무 좋고 성격에 맞다는 것을 깨달은 게 삼십대 후반쯤이었을까. 그걸 깨닫기까지 십년이 걸렸다. 깨달을 여유도 없을 만큼 계속 이동한 탓인지도 모른다.

마흔 무렵 생각하는 바가 있어 회사를 그만두고 인디펜던트 큐레이터(프리랜서 큐레이터)가 되었다. 덧붙여 인디펜던트 큐레이터라는, 혀를 깨물 것 같은 긴 외국어로 된 직함은 미술관 등의 기관에 소속되지 않고 전람회를 기획하고 실행하는 프로듀서와 디렉터를 겸한 직업. 내가 기획한 전람회를 실현시키기 위해 장소를 찾고 돈을 모으며 일본 각지, 세계 각국의 예술가를 만나러 간다. 한마디로 격하게 이동하며 돌아다녀야 한다. 그렇다 보니 프리랜서가 된 이후로는 회사에 근무하던 시절에 비해 50퍼센트는 더 많이 이동한 것 같다. 그런데 이동에 쓰이는 경비는 50퍼센트 감소. 아이고. 그래도 어쨌거나 갈 수 있는 곳까지 가보자! 하며 마구 돌아다녔다.

그리고 프리랜서가 되면서 대학 친구 오하치야 지린과 일본 전국 방방곡곡을 찾아다니는 어슬렁여행도 시작되었다. 말 그대로 온천에서 어슬렁어슬렁 휴식을 취하면서 전국의 맛있는 음식을 먹으러 다니는 식도락여행을 이어나가며 오늘에 이른다. ……이 부분에 주목하고 싶어 한 번 더 쓴다. 오늘에 이른다.

그렇다. 마흔에 시작된 어슬렁여행은 그 이후 도중에 중단되지 않고 오늘까지 계속되고 있다. 도망칠 일도 숨길 것도 속일 것도 없이 나는 현재 오십대 중반이다. 대학 동기인 지린도 당연히 같은 나이. 즉 우리는 십수 년째 '두 여자의 여행'을 계속하고 있다는 말이다.

돌아보니 어슬렁여행이 있었기에 나는 이동을 즐기고 여행을 각별히 사랑하는 방랑가 마하가 될 수 있었다는 기분이 든다. 그래, 사람은 방랑가로 태어나는 것이 아니라 방랑가로 만들어지는 것이다, 라고 말한 인물이 분명 보부아르였던가. 아니, 그런 말은 한 적이 없나. 뭐 아무튼.

지린과는 오랜 친구 사이다. 그리고 지린이라는 여행친구의 존재와 어슬렁여행에 대한 이야기는 내가 작가로 데뷔하고 얼마 지나지 않아 어느 틈엔가 담당 편집자들 사이에 널리 퍼졌다. 왜일까.

편집자가 내게 어떤 용건이 있어 연락한다. 그러면 항상 내 대답 서두에는 "지금 어디어디에 있습니다" 하고 여행지에 있음을 시사하는 메시지가 있다. 그러면서 "지금 어슬렁여행 중입니다" 하면 명백하게 한창 여행 중임을 알게 된다. 현명한 편집자는 재빠르게 감지한다. 하라다 마하는 아무래도 이동하는 일이 많아 있어야 할 장소(집)에 없을 확률이 높다. 그리고 그런 경우에는 정체불명의 여행스타일 어슬렁여행인가에 투입되어 있다. 그런데 어슬렁여행이 뭐지?

나는 어쩔 수 없이 설명해야 한다. 어슬렁여행은 여행친구 오하치야 지린과 일본 전국 방방곡곡을 찾아다니는 '두 여자의 여행'으로…… 이하 생략. 뭐, 이러한 연유로 어슬렁여행과 지린은 내 담당 편집자들—그 규모가 얼마나 되는지는 알 수 없지만—사이에 모르는 사람이 없게 되었다.

실은 어슬렁여행과 지린의 존재가 이 책을 쓰게 된 계기가 되었다고 해도 지나치지 않다. 내가 방랑가로서 살아가는 원동력이 되었으니까. 참 유난이다 싶지만, 정말로 진심으로 그렇게 느끼고 있다.

나는 효고현 니시노미야시에 있는 간사이가쿠인대학 문학부 일본문학과를 졸업했는데 지린은 동기이자 오랜 친구다. 우리 둘 다 대학 근처에 있던 여자기숙사에서 생활한 것이 인연이 되어 알게 되었다. 어디 보자, 입학 직후 만 열여덟이었으니 거의 삼십 년 넘게 봐왔네. 와우. 나의 굳건한 오랜 벗이다.

그럼 그 시절부터 함께 여행을 했느냐? 그건 전혀 아니다. 당시 나는 집안 경제상황이 위기여서 부모님은 내게 월 3만 엔의 생활비를 보내주는 것이 최선이었다. 여기서 또 와우! 놀란다. 월 3만 엔…… 방값, 광열비, 식비, 옷값, 목욕비, 모두 합해 월 3만 엔. 대체 어떻게 생활했나. 스스로도 놀랍다. 매일 식사는 양배추볶음으로 견디고 목욕은 이틀에 한 번으로 참았으며, 수업은 내팽개치고 아르바이트에 몰두했던 내가 우아하게 여기저기 식도락여행 같은 걸 할 수 있었을 리가 없다. 학창시절 지린이나 다른 친구들과 함께 교토, 오사카, 고베 지역 내 한정으로 촐랑거리며 놀러 가는 일은 있었으나, 본격적인 '두 여자의 여행'을 나서게 된 건 훨씬 나중의 일이다. 그렇다, 마흔이 되고 나서의 일이다.

지린과 여행을 하게 된 계기는 내가 회사를 그만두고 프리랜서가 되어 시간 여유가 생겼다는 것이었다. 지린 역시 시간적으로도 정신적으로도 경제적으로도, 충분히 여유가 있던 무렵이었다.

그녀는 대학 졸업 후 모 대형 증권회사의 일반직으로 취직했는데, 이후 삼십 년간 참으로 우직하게 성실히 한 회사에 근속하고 있다. 뒤에 말하겠지만, 삼십 년의 시간 동안 그녀의 인생에도 다양한 전환기가 찾아왔다. 그러나 결국 '독신'의 라이프스타일과 '나와 둘이서 함께' 하는 여행스타일을 지속하고 있다. 뭐 그것이 역시 그녀의 성격에 딱 맞는다는 걸 지금은 안다.

어슬렁여행을 시작한 초기 무렵에는 당연히 어슬렁여행이라는 호칭은 없었다. 속속들이 다 아는 오랜 친구끼리 편안하게 마음대로 여행할 수 있어 그게 참 기분 좋았다. 그렇게 일본의 지방도시며 온천과 맛집을 찾아다니다 여행이 끝날 무렵에는 마음이 아주 평온해지는 한편, 일말의 쓸쓸함도 느꺼졌다. "또 여행 가자" "그럼 다음엔 어디 갈까?" 하고 누가 먼저랄 것도 없이 서로 의논하며 다음 여행지를 정한 다음 헤어지는 흐름이 자연스레 완성된 것이다.

어슬렁여행 초기에 나는 프리랜서 신세라 돈은 없지만 시간만큼은 있었다. 앞으로 일이 어떻게 될지 알 수 없었으나 회사나 사회적 입장 및 어떠한 규약에 얽매이는 일도 없어 마흔이 되어서야 말 그대로 완전한 자유를 손에 넣었다. 지린은 직장에서 연령상 이른바 왕고참이 되면서 일상 업무는 완전히 몸에 배었으며 야근도 거의 없고 경제적 여유도 있어 교토, 오사카, 고베에서 으뜸가는 화려한 동네 아시야에 살면서 오사카 우메다에 위치한 직장에 다니는, 말 그대로 꽃 같은 오피스레이디 생활을 만끽하던 시기였다. 직업도 그렇고 처한 입장이나 인생의 상황도 일치점은 전혀 없다고 해도 좋을 두 사람이었으나 오랜 친구로서 함께 여행할 때면 언짢은 일 하나 없이 완전히 인간적으로 모든 걸 드러내 보일 수 있었다.

지린과 여행하면 마음이 편안하고 머릿속이 말끔히 비워져 기분 좋은 바람이 지나간다. 전철이나 버스를 타고 이름도 모르는 지역에 간다. 현지의 맛집을 들러 실컷 맛보고 느긋하게 온천을 즐기다가 잠이 오면 잔다. 참으로 단순하고 참으로 기분 좋은 일, 하지만 평소의 바쁜 생활 속에서는 그렇게 하고 싶어도 좀처럼 못 하는 일. 어슬렁여행은 우리에게 그야말로 기분전환이었다.

지린과 일본 여기저기로 떠날 때마다 현지인, 흥미로운 대상, 잊을 수 없는 일 등 사람·물건·사건과의 만남이 생겼고, '왜 이런 일이……' 또는 '진짜 재밌는 사람이네' 싶은 여행지에서의 수많은 추억이 매번 가슴 깊이 새겨졌다. 직장인 시절에는 출장으로 어딘가를 가도 그런 체험은 거의 없었던 것 같다. 업무상 이유나 확실한 목적이 있을 경우 감성의 창은 좀처럼 열리지 않는다. 그러나 어슬렁여행은 기분 좋게 창을 활짝 열어두기에 예기치 못한 만남을 자꾸자꾸 불러들인다. 그리고 그런 만남과 추억은 나를 이야기 창작으로 움직이게 만들었다.

데뷔작인 오키나와의 외딴섬을 무대로 한 러브스토리 《카후를 기다리며》도, 여행을 무엇보다 좋아하는 한물간 마흔 살 연예인 오카에리가 주인공인 《여행을 대신해 드립니다》도 쓰기 시작한 계기는 어슬렁여행에 있었다. 그 외에도 어슬렁여행 도중에 체험한 사건이나 추억을 바탕으로 쓴 이야기가 많다.

실은 지린과 나를 모델로 삼아 두 여자의 여행을 주제로 쓴 단편도 있다. '허그와 나가라'라는 두 사람이 일본 국내를 여행하는 이야기로, 지금까지 4회를 각각 다른 매체에서 발표했다. 그것을 읽은 지린은 "그냥 일기네"라며 쓴웃음을 지었다.

어슬렁여행이 시작된 지 이 년째에 나는 작가가 되었다. 그리고 팔 년째에 지린은 관리직이 되었다. 나는 거점을 나가노로 옮겼고 지린은 몇 번인가 전근을 갔다. 서로 다양한 인생의 전환점을 맞이했다.

그러나 어슬렁여행은 여전히 계속되고 있다. 초기에 비하면 시간도 제한적이고 체력도 떨어졌지만, 아직도 여행할 기

력이 있으며 맛있는 음식에도 온천에도 변함없이 사족을 못 쓰는 두 사람이다. 그리고 새로운 체험을 찾아 나설 기운이 넘친다.

바로 얼마 전에도 오랜만에 어슬렁여행을 떠났다. 여행지는 교토 근교의 가메오카. 기분 좋은 온천 료칸의 이층 방으로 안내받았는데 눈앞에 만개한 수양벚나무가. 올해의 교토는 내내 비가 내렸던 듯한데 그날만 느닷없이 화창한 봄날이라 "역시 우리 운이 좋네" 하고 서로 마주보며 웃었다.

밤이 되어 침실에 나란히 놓인 두 침대에 누웠는데 창 바로 맞은편에 조명이 켜진 듯 밤 벚꽃이 휘황찬란하게 빛나고 있었다. "역시 우리 운 끝내준다." 중얼대던 친구는 편안한 숨소리를 내며 잠이 들었다.

나는 밤 벚꽃을 스마트폰으로 찍어 지린의 폰으로도 보내놓았다. 그때 함께 보낸 글.


밤 벚꽃 곁에서 잠을 청하는 우리 둘


앞으로도 기운차게 우리의 여행이 계속되기를 기도하며.

사실 나는 '해를 몰고 다니는 여자'다. 그것도 끝내주게. 내 입으로 말하면 말할수록 신빙성이 떨어진다는 것을 알면서도 굳이 말하는 거지만, 정말 진짜로 해를 몰고 다니는 여자다. 이렇게까지 쓰고 보니 내가 생각해도 참 끈질기다 싶지만 말이다.

뭐 아무튼. 너무나도 여기저기 쾌청하게 돌아다녀서 내 운의 대부분은 여행지를 '맑음'으로 만드는 데 사용되고 있는 듯한 기분이 든다.

독자 여러분 주위에도 반드시 한두 명은 있을 것이다. 여행이며 운동회나 바비큐파티 및 동료의 결혼식 피로연 같은 데 가서 보기만 해도 좋은 일본의 맑은 날씨를 만나면, 그럴 때 묘하게 자랑스레 "실은 내가 해를 몰고 다니는 남자야……"라고 하는 사람. "○○는 해를 몰고 다니는 여자잖아. 얘, 네가 와줘서 다행이야" 같은 말을 듣는 그 아가씨. 어때요 있죠?

원래 '해를 몰고 다니는 여자', '해를 몰고 다니는 남자'라는 말은 아무래도 일본의 독특한 존재가 아닐까[일본어에는 하레온나晴れ女, 하레오토코晴れ男라는 단어가 있다]. 왜냐면 해를 몰고 다니는 여자를 번역하려고 해도 적당한 영어가 떠오르지 않는다.

그러고 보니 꽤 옛날부터 나는 자칭 해를 몰고 다니는 여자였는데, 해외에서 역시나 비가 그치고 날이 화창해지면 미국인이나 프랑스인 친구에게 "나 해를 몰고 다니는 여자야"라고 자랑을 하려다가도 어떻게 설명해야 좋을지 몰라 끙끙대다가 결국 아무 말도 못 하고 끝난 경험이 과거 몇 번인가 있었던 게 기억난다. 그나저나 영어로라도 어떻게든 해를 몰고 다니는 여자임을 주장하려 했던 나는 대체 뭐지 싶기도 하지만.

돌아보면 나의 이 '해를 몰고 다니는 여자' 역사는 꽤 길다. 어릴 때부터 해를 몰고 다니는 여자로서의 기질을 크게 발휘했던 것 같다. 이렇게 쓰니 거의 무당 같은 느낌이 드는데, 그게 아니라 진짜로.

초등학생 때 그 어떤 일보다 소풍을 기대했던 나는 소풍 전날에 비가 내리면 정신을 집중해 비를 멈추게 하는 데루데루 종이인형을 만들어서 처마 끝에 매달아놓고는 마음을 다해 염원했다. 비야 그쳐라그쳐라그쳐라! 그러면 대개 비가 멎었다. 물론 내가 멈추게 한 것은 결코 아니다. 결코 아닌데, 어쩐지 내가 멈추게 한 것처럼 비가 그쳤던 것이다.

성인이 되어서도 중요한 외출이나 행사, 여행 때 비가 내린 기억은 거의 없다. 다시 말해 내가 가는 곳에서는 대부분의 경우 날이 맑았다. 특별히 내가 날이 개게끔 만든 것은 결코 아니다. 결코 아닌데, 이상하게 내가 좋은 날씨를 불러들인 것처럼 여행지는 항상 맑았다.

어쩌면 나 해를 몰고 다니는 여자 아닐까? 게다가 '끝내주게'라는 수식어를 붙여도 좋을 만큼……이라고 느낀 건 오하치야 지린과 어슬렁여행을 시작하고서의 일이다. 어슬렁여행에 관해서는 앞의 내용을 참고하시고, 실은 지린은 나와 동등한, 아니 그 이상으로 해를 몰고 다니는 여자다.

우리 둘은 여행자로서 거의 전국을 제패했는데, 어슬렁여행 때 쌍으로 해를 몰고 다니는 여자의 효과는 절대적이라, 정말이지 자주 비를 그치게 했다. 심하다 싶을 정도로. 어슬렁여행의 맑은 날씨 확률은 얼추 95%에 달하지 않을까 싶다.

통계를 내본 적은 없으나 우산을 쓴 기억이 거의 없으므로 아마도 그럴 것이다. 덧붙여 지린의 여행용 캐리어 안에는 거의 한 번도 펼쳐진 적 없는 모 브랜드 접이식 빨간 우산이 들어 있다. "그 우산 전혀 사용 안 하네." 내가 지적하자 지린이 대답했다. "이걸 갖고 있으면 비가 안 내리는 것 같아." 접이식 우산을 맑은 날씨를 위한 부적 대용으로 사용하고 있는 것이다. 사용하지 않는데 사용하고 있는 모순된 사용법이지만 어슬렁여행이 맑은 하늘을 만나는 것은 그 덕분일지도.

작가가 되고부터는 편집자나 카메라맨과 함께 취재나 촬영하러 여행을 나서는 경우도 많아졌다. 그리고 그만 방랑가 마하='해를 몰고 다니는 여자' 전설이 전개되고 말았다. 무슨 특수촬영 영화의 예고편 같네…….

편집자는 물론이거니와 카메라맨은 '좋은 그림'을 찍기 위해 당연히 촬영 장소의 날씨가 맑기를 바란다. 취재(촬영)를 나가게 되면 공항이나 역에서 편집자가 나를 카메라맨에게 소개하는 경우가 가끔 있는데 자기소개를 하면서 내가 입을 열자마자 하는 말은 "저, 끝내주게 해를 몰고 다니는 여자니까요"라는 한마디. 처음 만난 카메라맨은 대부분의 경우 "아, 그렇군요" 하는 가벼운 반응. 그런데 그·그녀는 이후 로케 내내 정말로 한 번도 비가 내리지 않아 계획한 대로 좋은 그림을 찍게 된 것에 경악하며 모든 일정을 마무리하게 된다…… 정말로 유난을 떨어 미안합니다.

한 잡지의 취재로 덴마크 코펜하겐에 갔을 때 일이다. 코펜하겐 주변의 주간 날씨정보는 비 또는 비 온 뒤 흐림. 때마침 하지 무렵이라 본래라면 낮이 길어 환한 사진을 찍을 수 있었을 텐데…… 하면서, 그때가 첫 대면이었던 카메라맨 K씨는 약간 우울해하고 있었다.

그런데 그때 동행했던, 나와 오래 알고 지낸 편집자 T씨가 말했다. "괜찮아요, 마하 씨가 있으니까. 마하 씨는 자유자재로 태양을 다룰 수가 있어요." 마치 마술사 히키타 덴코가 옆에 있는 것처럼 자신만만한 T씨의 모습에, K씨는 "이렇게나 내리는데, 내일 맑을까요?" 하고 내게 질문. 나는 시치미 뗀 얼굴로 "당연히, 맑아집니다. 경험상 자는 동안 비가 마구 내리다가 아침이 되면 맑게 개어 있는 것이 통상의 흐름이에요"라고 말해버렸다. 마치 태양과 이미 이야기 끝냈다는 듯이. 물론 K씨는 "아, 그렇군요" 하고 역시나 가벼운 반응. 분명 속으로는 '이 사람 괜찮나……' 하면서 불안을 증폭시키고 있었을 것이다.

그리고 다음 날 아침, 보기 좋게 비가 내렸다. 로비에 집합하자마자 나는 우선 사과했다.

"죄송합니다, 예정대로 나오지 않아서……. 뭐, 북유럽의 태양은 변덕쟁이니까요."

흡사 태양이 소속된 연예기획사 대표 같다. K씨는 "아뇨아뇨, 마하 씨 탓이 아니니까요"라며 상냥하게 응해주었다. 확실히 비가 내리는 게 내 탓은 아니다. 그러나 전 세계를 휘젓고 다니는 해를 몰고 다니는 여자로서 용납할 수 없는 일이다. 으음…….

그런데 기적이 일어났다. 촬영지에 가서 K씨가 카메라 세팅을 시작하자 별안간 비가 그쳤다. K씨는 '어라?' 하는 표정이 되었다. 그리고 촬영을 시작하는 타이밍에 편집자 T씨가 말을 건넸다. "그럼, 마하 씨 부탁합니다."

여기서 내가 피사체로서 등장—이 아니라, "자, 5초 후, 태양 나옵니다. 5, 4, 3……" 하고 카운트다운을 시작했다. 그러자 정말로 구름 사이로 짠 하고 빛이 비치는 것이었다. 물론 완전한 우연이지만…….

파인더를 바라보고 있던 K씨는 "와! 말도 안 돼!"라며 재빨리 연속촬영, 최고의 그림을 찍을 수 있었다.

그 이후 K씨는 "고맙습니다"라는 감사인사를 반복. T씨에게는 '태양 오퍼레이터'라는 지위를 수여받았다. 아니 정말로 나는 딱히 아무것도 안 했습니다만…….

그래도 뭐, 앞으로도 세계 각지를 화창하게 만들어볼까. 태양을 원하시는 분 알려주세요. 아무런 보증은 할 수 없지만 자타공인 끝내주게 해를 몰고 다니는 여자니까요.

최근 파리를 드나드는 일이 계속 이어지고 있다. 그 이유
는 몇 가지가 있다.

　먼저, 이건 파리에만 한정되지는 않는데, 지금은 어디에
있어도 원고를 보낼 수 있는 환경이 되었다는 것. 노트북으로
호텔에서도 카페에서도 전철 내에서도 역 플랫폼에서도, 아
무튼 어디에서든 글을 써서 메일로 보낸다. 이미 내 작업스타
일 및 여행스타일이 돼버렸다. 내가 작가로 데뷔한 십 년 전
에는 이렇게까지 할 수 없었다. 물론 컴퓨터도 인터넷도 활
용했으나 요즘만큼 인터넷 환경이 갖춰지지 않았다. 편집자
에게 전화해 여행지의 온천 료칸에서 팩스로 교정용 원고를
받곤 했었는데, 지금은 모바일 와이파이만 있으면 유로스타

164

[영국·프랑스·벨기에에 세 나라에 의해 공동 운영되는 고속열차] 대기시간에 역 플랫폼에서 원고를 보낼 수 있다. 정말로 편리한 세상이 되었다. 그와 동시에 언제 어디에서건 "원고 어떻게 되었나요?" 하고 재촉이 온다. 이제 절대로 도망칠 수 없는 것이다.

다음 이유는 파리에 거주하는 친구가 늘었다는 것. 《낙원의 캔버스》 취재로 파리에 장기 체류했을 때 파리에 사는 일본인 친구들이 엄청난 지원을 해주었다. 그들은 내 평생친구로, 지금도 파리에 가면 이것저것 아낌없이 지원해준다. 역시 친구가 있는 도시는 관광으로 찾는 도시와 달리 훨씬 친밀함이 솟는다.

그리고 파리를 자주 오가게 된 결정적 이유는 현재 파리를 무대로 한 소설을 계속 쓰고 있다는 것이다.

나는 작가가 되기 전 오랜 시간 미술 관련 일에 종사했었다. 그렇다 보니 수많은 훌륭한 미술관이 있어 봐야 할 전람회가 항상 개최되고 있는 파리는 내게 특별한 도시다.

프랑스 회화사를 살펴보면 각각의 시대에 주목해야 할 예술가나 작품이 있는데, 그중에서도 19세기 말부터 20세기 전반에 걸쳐 활약한 화가들이 내게는 압도적으로 재밌게 다가온다. 미술사 세계에서 오랫동안 화가란 장인이라는 측면이 강한 존재였다. 왕족이나 귀족에게 고용되거나 유복한 사람들의 주문을 받아 작품을 제작하는 것이 일반적으로, 자기 자신을 표현하는 일은 없었다. 그것이 19세기가 되면서 크게 바뀐다. 화가들이 자신만의 표현을 모색하기 시작한다. 얼마나 새로운 표현을 찾아낼 수 있을지 격투한다. 그 가장 선봉에 선 것이 마네나 모네, 드가 등의 인상파 화가들이자 세잔이나 고흐 등의 후기인상파였다. 그리고 20세기에 들어서면서부터는 마티스와 피카소가 등장한다. 화가들이 오래된 인습의 주술에서 해방되어 혁신적인 작품을 만들어내는 과정이 내게는 신비스럽고도 동경할 만했다. 그리고 그들을 모티브로 해서 꼭 소설을 써보고 싶었다. 바지런히 파리에 가서 취재를 거듭해 마침내 한 권의 책을 완성할 수 있었다. 그것이 소설집 《지베르니의 식탁》이다.

표제작 단편은 인상파 거장 클로드 모네와 그의 가족을 둘러싼 이야기다. 지금이야 그 이름을 모르는 사람이 없을 만큼 저명한 화가가 된 모네지만, 젊은 시절은 고난의 연속이었다. 이 작품의 주인공은 모네가 어떠한 상황에서도 회화를 향한 열정을 잃지 않고 계속해서 그려나갈 수 있게 지탱한 의붓딸 블랑슈다. 모네가 만년에 그린 〈수련〉의 제작 비화를 날실로, 젊은 시절의 장렬한 나날을 씨실로 엮어 가족의 갈등과 애정을 색으로 물들여 이야기를 만들었다.

이 소설을 완성하기 위해 나는 뻔질나게 파리를 오갔고 모네가 그린 수련 연못이 있는 지베르니에도 여러 번 방문했다.

파리 시내에는 수많은 공원이며 숲이 있어 아름다운 신록과 꽃들이 시민과 관광객의 눈을 즐겁게 해준다.

루브르박물관까지 펼쳐지는 튈르리공원의 한 귀퉁이에. 찾아올 때마다 그 아름다움에 탄성이 나오는 수련 연못이 있다. 더구나 그 연못은 박물관 안에 있다.

오랑주리미술관 입구에서 곧장 들어가면 정면에 타원 모양의 전시실이 있다. 이 전시실 벽 한 면을 가득 채운 것이 클로드 모네가 그린 만년의 걸작 〈수련〉이다.

모네는 사십대가 되자 노르망디 지방에 있는 작은 마을 지베르니의 오래된 민가로 거처를 옮겨 그곳에 이상의 정원을 지어 창작에 힘썼다. 시시각각으로 변하는 태양의 빛과 대기를 캔버스로 옮기는 데 집념을 불태운 그는 정원을 아름답게 가꾸는 데도 애정을 듬뿍 쏟았다. 정원에는 큰 연못을 만들어 수련을 띄웠다. 연못에 놓인 무지개다리는 일본미술에 깊이 심취했던 모네의 취향이 짙게 드러나 있다. 모네는 이 연못 부근에 이젤을 세우고 내리비치는 햇빛 아래, 혹은 저물어가는 석양 속에서 여러 장의 수련 그림을 그렸다.

모네는 자신의 사후 일반 공개를 조건으로—그 외에도 타원형 전시실이나 자연광을 넣는다는 등 전시할 때의 세세한 지시도 포함해—거대한 수련 벽면을 프랑스에 기증했다. 모네가 죽은 후 정부는 이 작품을 전시하기 위해 오랑주리미술관을 세웠다고 한다.

나는 이 미술관을 헤아릴 수 없을 만큼 여러 번 방문했다. 파리에 갈 때마다 한숨 돌리기 위해(그리고 가끔 시차증 해소를 위해서도) 가고 있다. 몇 번을 가도 질리는 법이 없다. 오히려 가면 갈수록 애정이 솟아, 아 또 파리에 돌아왔구나 하는 차분한 마음이 가슴에 머문다. 친구가 사는 집 같기도 하고 최근에는 친정 같은(!) 기분마저 들었다.

　오랑주리미술관은 루브르와 마찬가지로 사실 파리 시내의 미술관 중에서도 가장 빨리 개관한다(오전 아홉시). 그리고 아침에 제일 먼저 방문하면 멋진 체험이 기다리고 있다. 타원형 전시실 천장에서 희미하게 자연광이 들어오도록 설계되어 있는데, 오전의 빛이 그림 속 수련 연못을 더욱 반짝이게 해 마치 진짜 연못 부근에 멈춰 서 있는 듯한 기분이 든다.

　수련 벽면은 실내 곡선 벽을 따라 전시되어 있다. 감상자는 그야말로 연못에 둘러싸여 있는 듯한 착각에 빠진다. 자신이 본 풍경을 이 그림을 보는 사람도 그대로 체험하게 하는 효과를 모네는 노렸던 것이다.

아침, 점심, 저녁, 밤, 각각의 하늘과 구름을 투영한 거울 같은 수면. 여린 바람이 불기 직전, 사르르 긴 가지와 잎을 늘어뜨린 버드나무. 그리고 이제 막 꿈에서 깬 듯 하얀 얼굴을 드러낸 수련 꽃들. 이 세상의 가장 선하고 무구한 풍경이 이곳에 모여 있다. 그런 기분이 든다.

전시실 중앙에 있는 벤치에 잠시 앉아 실내로 들어오는 사람들의 표정을 관찰한 적이 있다. 발을 들여놓은 순간 모두의 얼굴에 빛이 비치며 환하게 반짝이는 모습을 보았다. 모

두가 숨을 죽이고서, 혹은 "와아" 작게 환호성을 내며 빨려 들어가듯이 그림 가까이 다가선다. 예술은 사람을 행복하게 한다. 이 말을 실증하는 듯한 사람들의 얼굴을 목격하고서 나는 왠지 모르게 정말로 기뻤다.

그리고 마침내 나는 오랑주리미술관을 혼자 방문하는 소중한 소원을 이루었다. 《지베르니의 식탁》 문고본 기념촬영을 위해 오랑주리미술관의 개관 한 시간 전, 오직 혼자서 〈수련〉을 마주할 기회를 얻은 것이다.

정말이지 향기롭고 풍요로운 한때였다. 나는 흡사 내 소설 속 주인공 블랑슈가 된 듯한 기분이었다. 의붓아버지 모네를 스승으로 받들고 사모하며 깊은 애정으로 뒤를 따른 블랑슈가.

수련 연못 앞에 이젤을 세우고서 그림 그리기에 전념하는 모네의 등이 아주 잠깐 보인 기분이 들었다.

여러분, 7월 14일이 무슨 날인지 아시나요?

정답은 바스티유데이 또는 파리축제. 그렇다, 프랑스혁명 기념일이다. 무엇을 감추랴, 나는 이 파리축제와 함께 살아왔다. 왜냐? 7월 14일은 내 생일이니까.

7월 14일. 1월 1일(설날)이나 3월 3일(히나마쓰리[일본의 다섯 명절 중 하나로, 여자아이의 행복과 건강을 기원하며 히나 인형을 장식하는 행사])이나 2월 22일(고양이의 날) 같은 날이 아니라 왠지 어중간한 날……. 확실히 일본에서는 아무런 기념일도 아닌 날일지도 모른다. 하지만 프랑스에서는 사람들이 가장 마음 들뜨고(아마도), 온 국민이 축하하는(어쩌면), 잊으려 해도 잊을 수 없는 중요한 날(분명)이다.

그런데 프랑스인과는 1밀리그램도 관계없는 순수 일본인인 나는 어릴 땐 7월 14일에 태어난 것을 왠지 모르게 아쉬워했다. 매년 이 무렵에는 장마가 걷히고 단숨에 더워진다거나 여름방학 직전이라 마음이 들떠서, "생일이다!" 하며 흥분해봤자 주변에서 전혀 반응해주지 않는 상황이었기 때문이다. 그래서 히나마쓰리에 태어난 친구들이 히나 인형 장식이 있는 방에서 생일파티를 하는 모습이 부러웠으며 9월생인 친구가 "내 별자리는 처녀자리야"라고 말하는 모습이 부러웠다. 내 별자리는 게자리였는데, 어릴 땐 보글보글 거품을 토해내는 게의 이미지가 좀 별로라 역시 아쉬운 마음이 있었다.

그런데 소녀였던 내게 '생일혁명'이 일어났다. 잊히지도 않는 열 살 무렵의 일이다.

그때까지 내 생일이 돌아올 때마다 아버지가 "너는 파리축제일에 태어났으니 분명 미래에 프랑스와 어떤 관계를 가지게 될 거다" 하고 아무 근거도 없는 예언을 계속 해왔다. "파리축제가 뭐야?" 물으면 아버지는 "음, 7월 14일에 프랑스 파리에서 열리는 축제란다"라며 재미라곤 없는 대답을 했으나, 그렇게 나는 아버지 덕에 내 생일이 아무런 특색도 없는 날이 아니라 프랑스에서는 특별한 의미가 있는 날임을 알게 되었다.

그래서 파리축제가 정말로 무엇인가 하면, 프랑스혁명 기념일 '7월 14일(카토즈 주이예Quatorze Juillet)'을 가리키는데, 오래된 외국영화의 일본어 번역 제목이다. 영화를 좋아하던 아버지는 어느 날 '파리축제'라는 제목이 붙은 프랑스영화를 보고 깊은 인상을 받은 듯하다. 7월 14일에 태어난 장녀를 항상 '파리축제에 태어난 파리지엔'이라 불렀으니.

그럼 아버지를 세뇌시킨 〈파리축제〉는 대체 어떤 영화였을까?

프랑스 명감독으로 유명한 르네 클레르가 각본·감독한 영화로, 1933년에 공개되었다. 조지 리고가 연기한 택시 운전 기사와 아나벨라가 연기한 꽃집 아가씨가 주인공이 되어 국민의 축일인 7월 14일에 일어난 일을 그린 로맨스물이다. 실은 나도 대학 때 명화 상영관에서 본 적이 있다. 그때만 해도 내가 7월 14일생이라는 것에 아버지의 예언대로 '프랑스와 어떠한 접점이 있다'는 느낌은 들지 않았다. 물론 기분 탓이겠지만 내 생일이 주제인 영화를 보러 들떠서 나갔던 것은 기억하고 있다.

뭐 아무튼 이 영화에 〈파리축제〉라는 제목이 붙여짐으로써 일본인은 프랑스의 국경일 '7월 14일'을 아직도 '파리축제'라 부르는 듯하다. 프랑스인은 그날을 파리축제라고는 절대

부르지 않으며, 영어권 사람들도 바스티유데이라고 하지 파리축제라고는 안 한다. 일본인만이 파리축제라 부르니 뭔가 특별히 로맨틱한 하루인 듯 느껴지는 것이 왠지 재미있다.

또 서론이 길어졌는데 어쨌거나 나는 아버지의 영향으로 열 살에 이미 내 생일이 파리축제임을 의식했었다. 비록 프랑스와 1밀리그램도 관계없다 해도 전생에는 프랑스 태생이었을지도 모른다고 멋대로 상상했었다.

내가 열 살 때 비로소 7월 14일의 파리축제가 '프랑스혁명기념일'임을 알게 된 계기는 어떤 소녀만화. 그렇다, 바로 그 《베르사유의 장미》다.

《베르사유의 장미》에 대해 새삼 여기서 설명할 필요는 없겠지만, 18세기 부귀영화를 누리던 부르봉 왕가가 프랑스혁명으로 붕괴하는 모습을 마리 앙투아네트라는 실존 왕비와 오스칼이라는 가공의 남장 여인을 주인공으로 그린 궁정 로맨스다. 많은 소녀들과 마찬가지로 나는 이 만화를 무아지경으로 읽었다. 다양한 표현이나 주제의 만화가 나와 있는 지금, 사십 년도 더 이전에 발표된 이 만화가 얼마나 혁신적이었는지는 상상하기 어려울 정도다. 학원물이나 로맨틱코미디 같은 것이 주류인 소녀만화계에서 역사적 사실을 바탕으로 한, 게다가 프랑스혁명에 대한 만화를 발표하다니…… 이

케다 리요코 당신은 정말로 위대합니다!

어쨌거나 나는 이 만화를 통해 내 생일이 프랑스에서는 각별한 기념일임을 마침내 알게 되었다. 더 얘기하자면 내 생일이 바스티유 함락의 날=오스칼의 기일(어디까지나 만화세계의 이야기라 해도)이라는 것도……. 이는 곧 내가 오스칼의 환생이라는 말이 아닐까? 하고 소녀였던 내 머릿속에서 오스칼의 환생설이 굉장히 일방적이고 독단적으로 정착한 것이다. 이케다 리요코 선생님 진심으로 죄송합니다.


그런 연유로 나는 열 살 무렵부터 줄곧 '생일을 파리에서 맞이한다'는 것을 은밀한 야망으로 계속 품어왔다. 왜냐면 일본에 있으면 아무것도 아닌 하루지만 파리에 가면 전 국민이 축하를 해주니까. 샹젤리제 거리에서 퍼레이드를 해주고 대통령이 축사를 해주며 밤에는 에펠탑 부근에서 거대한 불꽃을 펑펑 쏘아올린다. 너도나도 춤추고 노래부르며 떠들썩하게 경사를 축하해준다. 나를 위해…… 이런 고마운 일이 있을까. 후후후.

그리고 내 야망 두 번째는 이런 느낌이다. 가능하면 7월 14일에 파리의 바스티유광장으로 향해, 《베르사유의 장미》 마지막 편의 바스티유 습격 장면에서 왕실 근위대장이었던 오스칼이 민중의 편에 서서 왕실 근위대와 싸우다 총에 맞아 숨이 끊어질 듯한 목소리로 "프랑…… 스…… 만…… 세……!" 한마디 중얼거린 뒤 숨을 거두는, 소녀만화계의 손꼽히는 명장면을 직접 오스칼의 모습으로 변신해 연기해보고 싶다! ……결코 농담이 아니다. 당연히 진심이다, 진심.

그리고 2015년.

최근 파리를 무대로 한 소설을 연이어 써오기도 했고 빈번하게 파리를 방문하며 파리에 사는 친구도 얻은 나는 올해 마침내 이 야망을 실현했다.

꿈에서도 그렸던 7월 14일의 파리. 나는 파리에 사는 친구와 함께 바스티유광장으로 향했다. 광장의 중심에는 프랑스혁명을 기념하는 탑이 세워져 있었다. 주위에 새 오페라극장과 카페며 가게들이 늘어서 있어 평소에는 매우 붐비는 이 장소가 이날은 퍼레이드 통과 때문인지 도로가 봉쇄되어 맥빠질 정도로 사람이 적었다. 군중이 지켜보는 와중에 과연 퍼포먼스를 할 수 있을지 없을지 작은 불안이 있었지만, 그 누구의 눈에도 내가 오스칼의 환생이라고는 보이지 않을뿐더러(당연한 소리), 사람도 별로 없어서 그냥 해버리자! 싶어 달려 나갔다. 기념탑 앞에 위치를 정하고서 하늘을 올려다보며 소리쳤다. 물론 일본어로.

프랑……스……만……세……!

　사십 년의 시간을 넘어 마침내 야망을 이룬 순간, 내 가슴
을 총알처럼 관통한 것은 프랑스어를 더 공부해야겠다는 열
띤 반성이었다.

요즘 미술을 주제로 한 소설을 쓰는 일이 늘었다.

　나는 원래 이십대 초반부터 사십대 중반까지 이십 년 이상 미술업계에 몸담았다. 화집이나 사진집을 전문으로 취급하는 아트숍 직원으로 시작해 사설미술관 접수원, 아트매니지먼트 스쿨 디렉터, 아트컨설턴트, 미술관 큐레이터, 프리랜서 큐레이터, 아트라이터……. 그런 직업으로 충분히 생활이 된 적이 있는가 하면 거의 수입을 얻지 못한 적도 있는데, 어쨌건 회사를 나오고서도 어떠한 형태로든 줄곧 미술과 관계를 맺어왔다.

　실은 내년이면 작가 데뷔 이십 년이 넘는데, 작가로 직업을 바꾼 초기에는 "뭐? 대체 왜?"라며 주변 사람들이 심하게 의아해했다. 그도 그럴 것이 지인들은 모두 내가 평생 미술 관련 일을 할 거라고 믿고 있었기 때문이다.

내 데뷔작은 《카후를 기다리며》라는 제목의, 오키나와 외 딴섬이 무대인 따뜻한 러브스토리다. 미술의 미자도 나오지 않는 내용이었기에 내가 이 한 작품을 가지고 갑작스레 작가 로 전업한 것을 보고 모두가 "근데 왜 하필 소설이야?"라며 의아하게 생각한 것도 무리는 아니었다.

가령 미술상이나 미술 강사로 직업을 바꿨더라면 분명 모 두가 납득했을 터. 혹은 처음부터 예술소설로 데뷔를 했다면 "아, 과연. 그런 접근 방법도 있었네"라는 말을 들었을지도 모른다.

하지만 나는 미술과는 거리가 먼 내용의 소설을 써서 소설 가가 되었다. 이유를 말하자면, 미술은 내게 최강인 비장의 카드. 이것을 주제로 삼아 소설을 쓰면 나밖에 쓸 수 없는 개 성적인 글, 재밌는 이야기를 쓸 자신이 있었기 때문이다.

그렇다면 더더욱 처음부터 그것을 쓰면 되지 않느냐고 생 각할지도 모른다. 아니아니아니, 그렇지 않다. 중요한 비장 의 카드야말로 꾹 참고 견뎠다가 지금이다 싶을 때 '로열 스 트레이트 플러시!'라는 듯이 짠! 하고 내고 싶다. 그것이 비 장의 카드 아니겠나. 포커게임 한 번도 안 해봤는데 이렇게 쓰는 거 맞겠지⋯⋯?

데뷔작으로 미술에서 가장 멀리 떨어진 주제를 찾은 것도 그렇게 해서 제대로 쓸 수 있다면 분명 앞으로 계속 쓸 수 있을 거라는 믿음 때문이었다. 계속해서 쓸 수 있으면 언젠가 '로열 스트레이트 플러시!'라는 최강의 패를 내는 순간이 찾아올 거라 생각했던 셈이다.

뭐 어찌 됐건 머지않아 내 경험을 최대한으로 살려 미술을 주제로 한 소설을 쓰겠노라, 데뷔 초부터 마음먹고 있었다.

그리고 데뷔 삼 년째에 쓴 것이 앙리 마티스의 노년을 취재한 〈아름다운 무덤〉(《지베르니의 식탁》에 수록)이었다. 이어서 클로드 모네와 가족의 이야기 〈지베르니의 식탁〉(동일)을 썼으며, 그 무렵에 《낙원의 캔버스》(신초사 《소설신초》에 연재)를 병행해 썼었다.

드디어 미술을 주제로 한 소설을 쓰게 되면서 강에 풀어놓은 물고기마냥 거침없이 신나게 헤엄치는 기분이 들었다. 물론 그때까지 쓴 다른 소설도—예를 들면 일하는 여성이나 가족 이야기도 마찬가지로 즐거웠으며 독자에게 전달되어 돌아오는 반응을 느끼고 있었다. 그러나 미술을 주제로 하는 것은 그것과는 다른 기쁨을 내게 주었다.

예를 들면 마티스나 모네가 살았던 시대나 장소에 대해 이것저것 생각하는 것에서부터 예술소설을 집필하는 과정이 시작된다. 화가의 자료나 화집을 철저하게 읽고 이해하며 그 시대의 문화나 풍속을 조사한다. 그리고 당연히 실제 작품을 보기 위해 미술관이나 전람회로 발길을 옮긴다. 더 나아가서는 다루어야겠다고 결정한 화가가 태어난 고향이나 생활한 동네, 최종적으로는 묘 참배까지 하며 그·그녀의 창작의 비밀에 다가가려 노력한다. 즉 화가의 '원풍경'을 나도 추체험하려고 시도해본다.

이야기의 주제가 무엇이든 간에 나는 집필에 앞서 반드시 취재를 한다. 내게 취재와 집필은 표리일체로 떼어놓을 수 없는 것이다. 비교하는 것이 정말로 주제넘지만, 소설가 마쓰모토 세이초는 머릿속에서 구축한 미스터리를 플롯에 따라 직접 움직여보고 플롯에 문제는 없는지, 어떤 함정을 마련할 수 있는지 치밀하게 취재하고 검토한다고 한다. 나도 적어도 마음만은 마쓰모토 세이초이고 싶다. 주제넘더라도. 세이초 팬 여러분 죄송합니다.

물론 예술소설에는 마쓰모토 세이초풍의 함정 같은 건 어디에도 장치하지 않으나, 그래도 철저히 취재를 한다.

예술가가 어떤 동네에서 태어나고 어떤 환경에서 양육되었으며, 성장하고, 좌절하고, 성공하며(성공하지 않은 채 사라진 이도 있다), 천국으로 여행을 떠났는지…… 취재를 통해 겨우 보이는 것도 많다.

한창 취재 중에는 내가 화가와 같이 거리를 걷고 대화를 하고 함께 시공간을 나누고 있는 기분이 든다. 그것이 무엇보다 정말로 즐겁다. 쓰는 기쁨, 살아가는 기쁨이 취재를 통해 솟구친다.

마티스도 이런 기분이었을까. 모네는 무엇을 보고 있었을까, 상상하면서 여행을 한다. 그래서 그것이 비록 혼자 하는 여행일지라도 전혀 쓸쓸하지 않다. 가슴 설레면서 전 세계의 다양한 화가를 좇아 그·그녀의 원풍경을 추체험하기 위해 여행을 하고 있는 것이다.


그런 까닭에 최근 예술소설을 위한 취재는 내가 방랑여행을 계속하는 적당한 이유가 되었다.

올해 5월, 전부터 줄곧 가보고 싶었던 남프랑스의 엑상프로방스에 다녀왔다. 폴 세잔이 태어난 고향이자 창작의 거점으로 삼은 곳. 그리고 세상을 떠난 장소이기도 하다. 세잔이 생애 끝까지 고집한 그 지역에, 염원이 이루어져 가게 되었다.

엑상프로방스는 '우여곡절 끝에'라고 말할 만큼 교통수단이 고생스러운 장소는 아니다. 버스에서 고속철도 테제베로 갈아타면 세 시간 정도면 도착한다. 지금껏 좀처럼 가지 못했던 건 정말로 스케줄이 허락되지 않았기 때문. 나는 소설 쓰기에 앞서 철저하게 취재를 한다고 앞에서 말했는데, 세잔의 경우만은 달랐다. 〈탕귀 영감〉(《지베르니의 식탁》에 수록)이라는, 세잔의 이야기임에도 세잔 본인이 한 번도 등장하지 않는 소설을 썼는데, 그 이야기는 주로 파리를 무대로 한 까닭에 세잔이 고집한 엑상프로방스를 취재하지 않은 채 완성해버렸다. 그래서 나는 왠지 모르게 세잔에게 떳떳하지 못한 마음을 내내 안고 있었다. "왜 취재노 않고 썼나"라고 그가 말하는 듯해서 속으로 "죄송합니다. 폴" 하고 사죄했었다.

참 고지식한 인간이라서…….

그런 날이 올지도 모른다…!!
(…아니 오지 않으려나…)

언젠가……
헤이세이의 마쓰모토 세이초
라고 불리는 날이……

철썩……

《모래그릇》의
이미지로

그런 마음을 질질 끄는 것도 별로다 싶어 올해는 연초부터 '무조건 가자'고 마음먹고 있었다.

어쩐지 남프랑스가 나를 부르는 것 같다. 이는 곧 세잔이 나를 부르고 있다는 말이 아닌가? 멋대로 그런 기분이 들었다.

전부터 가보고 싶다고 노래를 부르면서도 이상하게 타이
밍이 맞지 않아 여태 가지 못했던 남프랑스 엑상프로방스를
마침내 방문했다.

프로방스라고 하면 몇 년 전쯤 여행 좋아하는 여자들 사이
에서 큰 붐이 일었던 지역이다. 한없이 이어지는 라벤더밭
건너편에 소박한 시골집이 늘어서 있고, 나뭇잎 사이로 비치
는 햇살이 눈부신 정원 테라스에서 꿀이 듬뿍 발린 갓 구운
빵을 따뜻한 카페오레와 함께 먹으며 올려다보면 푸른 하늘
사이로 장엄하게 드러나는 생빅투아르산 꼭대기—라는 시각
이미지가 막연하게 내 안에 있었다. 책이나 잡지를 부지런히
보며 내 멋대로 만든 이미지였는데 이게 의외로 빗나가지 않

았다는 사실을 가보고서야 알았다.

그나저나 엑상프로방스에서 가장 유명한 것이라고 하면 라벤더도 꿀도 아닌, 바로 화가 폴 세잔이다. 누가 뭐래도 세잔이다. 이것만큼은 단순한 내 신념이 아니다. 실제로 엑상프로방스에 가보면 길모퉁이 여기저기에서 '이곳은 세잔 거리구나'를 실감할 수 있다. 예를 들면 도시 중심부에는 세잔의 사과 그림 배너가 걸려 있고, 기념품가게에서는 세잔의 그림을 모티브로 활용한 펜이며 노트며 가방이며 우산 등의 상품이 판매되고 있었다. '시네마 세잔'이라는 이름의 영화관도 있었다.(상영 중인 영화는 〈불의 사나이 고흐〉 같은 것이 아니라 〈미션 임파서블〉이었다.)

세잔은 1839년 엑상프로방스에서 태어났다. 아버지는 은행가로, 그 지역에서는 알아주는 부유한 가정이었다.

세잔은 그림 그리는 것을 좋아하는 아이였던 듯하다. 그런 세잔이 괴롭힘을 당하던 하급생 친구를 구해준 일이 있는데, 그가 에밀 졸라였다. 졸라는 19세기 후반 프랑스에서 아주 유명한 작가 중 한 명이다. 훗날 문학사에 이름을 남긴 작가와 미술사에 변혁을 가져온 현대미술의 시조가 된 화가. 이 두 사람이 중학생 때 만났다니, 게다가 세잔이 졸라를 궁지에서 구해줬다니 거장의 싹을 알아볼 만한 에피소드가 아닌

가. 이 시점에서 이미 세잔은 뭔가 특별한 느낌이 든다.

1861년 세잔은 본격적으로 화가에 뜻을 두고 파리로 간다. 자신의 뒤를 이어 은행가가 되길 바라던 아버지를 어떻게 설득했는지 모르겠으나, 아무튼 본가로부터 생활비를 지원받으면서 서른세 살이 되기까지 세잔은 파리에서 묵묵히 그림을 그렸다. 그사이에 제본공(당시의 책은 표지를 실로 재봉해 고정시켰다)이었던 오르탕스 피케를 만났고, 아들 폴이 태어난다. 그러나 세잔은 오르탕스와 폴의 존재를 계속해서 본가에 감추었다. 신분이 다른 내연의 처의 존재를 들키면 아버지가 격노해 지원을 끊어버릴지도 모른다고 생각했던 모양이다. 저기 잠깐만요 폴, 그건 아니지 않나요? 하고 핀잔 주고 싶어질 만한 이야기지만 당시 세잔에게는 본가의 지원이 유일한 수입원이었다. 화가로서 역량은 충분했기에 손쉽게 '팔리는 그림'을 그리면 처자식을 양육할 수 있었을지도 모르지만 세잔은 그러지 않았다. 비록 전혀 팔리지 않아도, 세상의 인정을 받지 못해도 '내가 그리고 싶은 것만 그린다'는 방침으로 일관했다. 그 완고함이야말로 결국 세잔의 진면목이다.

한때 인상파에 합류해 활동한 적도 있지만 끝내 세잔은 자기만의 길을 걸어가기 위해 고향인 엑상프로방스로 돌아온다. 그제야 겨우 오르탕스와 아들을 아버지에게 소개하고 결혼할 수 있었다. 오르탕스를 만난 지 무려 십칠 년의 세월이 흘러 있었다. 여기서 놀라운 건 오르탕스의 참을성이다. 그녀는 본가의 원조 없이는 생활할 수 없는 세잔을 정신적으로 지탱하면서 그의 모델이 되어 포즈를 취했다. 세잔의 그림 속 오르탕스는 하나같이 불쾌해 보이는 표정을 짓고 있는데, "절대 움직이지 마" 하고 냉정하게 명령하는 남편에게 불평 한마디 하고 싶은 것을 꾹 참고 있었음이 틀림없다. 그렇게 생각하면 그녀의 참을성은 화가인 남편에 대한 깊은 이해와 애정 때문이지 않았을까.

여하튼 세잔은 고향 도시로 아내와 아들과 함께 돌아왔다. 그 이후 평생을 엑상프로방스에 머물며 독자적 작풍을 추구해나갔다. 말년에는 야트막한 언덕 위에 이상의 아틀리에를 지어, 아틀리에 내의 정물이나 엑상프로방스를 지켜보듯이 솟은 생빅투아르산이며 비베뮈스 채석장 등 고향의 풍경을 다수 그렸다.

나는 정식으로 엑상프로방스를 방문하게 되면 무슨 일이 있어도 확인해보고 싶은 것이 있었다. 그건 바로 고향의 풍경이나 이상의 아틀리에 풍경이 세잔에게 '어떻게 보였을까'였다.

잘 알다시피 세잔의 그림에는 '복수 시점'이 존재한다. 즉 대상물을(그것이 사과건 사람이건 산이건) 하나의 정해진 시점으로 그려나가는 것이 아니라, 복수의 시점으로 본 상태를 캔버스 위에 하나로 모아 재구성한다. 이 기발하고 과감한 작업을 세잔은 해낸 것이다. 예를 들면 세잔의 사과는 위에서 본 시점과 오른쪽 대각선 앞에서 본 시점과, 왼쪽 대각선 앞에서 본 시점이 합쳐져서 그려져 있다. 완전히 비현실적인 사과지만, 화가의 복수 시점이 가미된 결과 현실의 사과보다도 훨씬 매력적인 사과가 되어 캔버스 위에 재생되는 셈이다.

대체 이 마법 같은 '재생술'은 어떻게 탄생한 것일까? 또 어째서 그런 기법을 떠올린 것일까? 이런 수수께끼가 세잔의 작품을 볼 때마다 내 가슴에 솟구쳤다. 다시 말해 '세잔에게는 어떻게 보였을까?' 하는 의문이었다. 어떻게 보였는지를 확인하려면 세잔이 보았던 풍경을 실제로 보는 것 말고는 방법이 없었다.

그러한 연유로 나는 엑상프로방스에 도착하자마자 세잔이 죽기 직전까지 창작했다고 하는 아틀리에로 갔다. 그 장소는 세잔의 생전 모습 그대로 보존되어 있다고 했다. 그나저나 어떤 느낌일까, 하면서 마치 창작 중인 세잔을 만나러 가는 것처럼 가슴이 고동치는 채로 아틀리에에 발을 들여놓았다.

그리고 어안이 벙벙했다.

세잔의 아틀리에는 정말이지 깜짝 놀랄 만큼 별것 없는 공간이었다. 말끔하게 높은 천장에 북향의 큰 창. 벽의 붙박이 선반에는 물병이나 그릇, 잔 등이 어수선하게 늘어서 있었다. 작은 옷장, 큐피드 석고상…… 전부 별것 아닌, 아니 별것 아닌 것에도 못 미치는 것뿐이었다. '엥, 이게 다야?' 하고 맥 빠질 정도로 썰렁했다.

나는 선반에 다가가 거기에 늘어서 있는 시시한 것들을 지그시 바라보다 새삼 놀랐다. 이 정도로까지 별것 아닌 것을 세잔의 붓은 그 정도로까지 생생하고 매력적으로 캔버스 위에 재생한 것이다. 그 사실에 나는 깜짝 놀랐다. 그리고 다시금 깊이 감동했다.

생빅투아르산

하~

사과와 오렌지

세잔 아틀리에의 물건들

세잔에게는 이렇게 보인 것인가…!!

결국 '세잔에게는 어떻게 보였을까?' 하는 수수께끼는 풀지 못했다. 그러나 알게 된 사실이 하나 있다. 세잔의 눈에 비친 것은 모두 세잔이 되었다는 것. 그 말인즉슨 엑상프로방스라는 도시가 세잔의 화신이라는 것이다.

엑상프로방스에 있는 내내 나는 세잔의 품안에 안겨 있는 듯한 기분이었다. 현대미술의 아버지가 평생 사랑한 도시에서 머문 한때가 더없이 행복했음은 말할 것도 없다.

나는 요즘 계속 미술사를 기초로 한 소설을 창작하고 있다.

《낙원의 캔버스》(앙리 루소가 주요한 등장인물이다)로 시작해 《지베르니의 식탁》에 수록된 〈아름다운 무덤〉(앙리 마티스), 〈에투알〉(에드가 드가와 메리 카사트), 〈탕귀 영감〉(폴 세잔), 〈지베르니의 식탁〉(클로드 모네)……. 왜 이렇게 미술에 대한 소설을 쓰는가 하면, 예전에 오랫동안 미술 관련 일에 종사했으며 미술과는 떼려야 뗄 수 없는 관계를 만들어온 터라 아무튼 미술에 관계된 문장을 쓰는 일이 즐겁고 기분 좋다. 그에 더해 피카소나 모네 같은 동경하는 거장들을 내 문장 속에서 재현하는 일이 뭐니뭐니 해도 재밌어서다.

미술사를 바탕으로 한 소설을 쓸 때는 먼저 문헌이나 자료를 충분히 읽고 이해한다. 그런 다음 실제로 현지조사를 간다. 작중에 등장하는 화가의 작품을 보러 미술관에 가는 것이 기본이지만, 화가의 발자취를 밟으며 태어난 고향이나 아틀리에가 있었던 동네, 대표작이 그려진 장소 등으로 발걸음을 옮긴다. 면밀한 조사와 취재를 감행하고서 플롯(줄거리)을 만든 다음 그제야 겨우 쓰기 시작한다.

이런 식이라 한 작품을 완성하는 데 시간이 꽤 걸린다. 구상에서 글을 쓰기 시작하기까지 삼 년 정도 걸리는 것이 보통으로, 《낙원의 캔버스》는 학생 때부터 줄곧 마음속에 품고 있다가 책이 되기까지 삼십 년 가까이 걸렸다. 시간을 늘였기 때문에 좋다고는 할 수 없지만, 적어도 내게는 들인 시간만큼 인물과 친밀한 시간을 보냈다는 말이므로 애착이 한층 더 커진다.

미술사에 기반한 졸저를 읽은 분들이 "어디서부터 어디까지가 사실이고 어느 부분이 픽션인가요?" 하고 물어올 때가 있다. 확실히 소설 속에서는 역사적 사실과 창작한 내용이 뒤섞여 정확한 경계가 지어져 있지는 않다. '어쩌면 마티스에게 이런 일이 있었을지도 몰라', '혹시 모네는 이렇게 말했을지도 몰라' 하고 독자가 짐작하기를 바라는 마음으로 일부러 그렇게 썼다. 모네는 그렇게 말하지 않았다고 전문가에게 지

적당할 수 있을 만한 부분도 마음껏 써버렸는데, 그 점이 소설의 강점이랄지, 참으로 장점이라서, '뭐 소설이니까' 하고 봐주신다.

다만 미술사 소설을 쓸 때 그 등장인물이 되는 화가에 대해 최대한 경의를 가지고 그린다는 것만큼은 나 자신의 중요한 원칙으로 지키고 있다. 그 화가를 폄하하기 위해 소설을 쓰는 것이 아니다. 존경하기 때문에 쓰는 것이다. 그래서 독자들이 그 화가의 알려지지 않은 측면을 알게 되어 새로운 눈으로 그들의 작품을 보게 되기를 바란다. 내가 쓴 소설을 읽고 미술에 관심을 가져준다면 그렇게 기쁠 수가 없다.

'예술로의 입구'가 되는 소설을 쓰려면 책임을 갖고 착실하게 사전조사도 하고 자세를 바로하고서 써야 한다고 스스로에게 말하고 있다. 때문에 소설쓰기의 첫걸음이 되는 화가의 원풍경을 방문하는 여행은 내게 대단히 중요한 업무다. 그래서 여행을 떠나는 것이다. 여기까지가 여행을 떠나기 위한 긴 변명이다.


그나저나 '화가의 원풍경'을 방문하는 여행은 아직도 절찬리에 진행 중이다.

그중 한 명, 빈센트 반 고흐. 그렇다. 지금은 전 세계 예술

팬들에게 사랑받는, 일본에서도 특히 많은 사람들에게 열렬한 사랑을 받는 그 고흐다.

내 소설 《흔들릴지언정 가라앉지 않는다》는 고흐의 남동생이자 미술상이었던 테오를 주인공으로 삼았다. 테오의 이야기이나, 실은 고흐의 이야기다.

고흐의 팬이라면 잘 알 거라 생각하지만 고흐와 테오는 형제라기보다 영혼의 동반자라고 말하는 편이 좋을 만큼 강한 유대로 맺어져 있었다. 화가로 오랫동안 불우한 시절을 보낸 고흐를 테오는 헌신적으로 지원했다. 겨우 서른일곱에 고흐기 죽은 뒤, 일 넌노 지나지 않아 마치 뒤를 따라가듯 테오도 세상을 떠났다. 그리고 현재는 파리 교외의 작은 마을 오베르쉬르우아즈의 묘지에 둘이 나란히 잠들어 있다.

고흐에 관해서는 작품은 물론이고 그의 인간성이나 파란으로 가득한 생애가 사후 125년이나 지난 현재까지도 여전히 많은 사람들의 관심을 끌어당기고 있다.

나는 고흐의 작품에 저항하기 힘든 매력이 있다는 것은 인정하지만, 오랫동안 깊이 이해하려 들지는 않았다. 깊이 들어가면 빠져나올 수 없게 될 것 같아서 일부러 피했던 것일지도 모른다. 반대로 말하면, 이제는 알게 된 사실인데, 그 정도로까지 강한 흥미를 갖고 있었던 것이다.

예감은 훌륭하게 적중해 나는 고흐의 세계에 푹 잠기고 말았으니, 이건 여간해서는 못 빠져나간다며 각오를 다졌다.

왜 고흐에게 초점을 맞췄느냐면 19세기 말 파리를 무대로 한 인상파나 근대 회화를 탄생시킨 화가들의 '투쟁'의 나날을 뒤쫓다 보니 어떻게 해도 고흐를 피할 수 없음을 느꼈기 때문이다. 고흐는 창작에 있어서도 삶의 방식에 있어서도 뛰어나고 독특한, 유별난 존재였다. 고흐에 관해 조사를 시작해 보니 이 사람을 쓰지 않고는 앞으로 미술사 소설을 쓸 수 없다는 결론에 이르렀다.

솔직히 파고들어도 되나 싶은 불안도 있었다. 웬만한 상대가 아니다, 쉽지 않을 거다. 하지만 생각해보면 세잔도 모네도 피카소도 결코 쉽지 않은 상대였다. 쉽지 않기에 쓰는 일은 기쁨이었다. 내 작품 속에서 거장들을 대면한 체험에 힘을 받아 나는 고흐에게 몰두하기로 결정한 것이다.

그러자면 고흐 순례가 필요했다. 우선 어디부터 갈까 생각하며 원풍경 탐방 계획을 세우면서 고흐의 발자취를 조사해봤다.

흠, 어디 보자. 먼저 출생지는 네덜란드 쥔데르트, 그 이후 틸뷔르흐, 헤이그, 런던, 파리, 영국의 램스게이트, 아이슬워스, 네덜란드의 에텐, 도르드레흐트, 암스테르담. (중략)

파리, 아를, 생레미드프로방스, 최후에는 오베르쉬르우아즈…….

뭐지 이 이동 형태는!

엄청난 이동이다. 굉장한 이동이다. 정말로 안주할 곳을 찾지 못했다. 그것이 고흐의 인생이었다.

이렇게까지 이동했으니 일이 년 정도로 그의 발자취를 모두 더듬는 것은 불가능할 듯싶다. 그렇지만 모든 장소에 가고 싶다는 기분도 든다. 아, 대체 어떻게 해야 좋을까, 왜 그토록 이동만 했나요 빈센트! 글을 쓰기도 전부터 고흐에게 불평 한마디 해주고 싶어진다.

펜으로 그리는 것은 무리로 판명.

그러나 불평만 하며 가지 않을 수는 없다. 그렇다면 실질적으로 고흐의 창작이 무르익어 정점에 달한 장소인 파리, 아를, 생레미드프로방스와 죽음을 맞이한 오베르쉬르우아즈 정도로 초점을 맞춰 여행하는 것은 어떨까? 그래그래, 그게 좋겠네! 혼자 고흐 순례여행을 검토하고 회의한 결과, 그렇게 하기로 정했다. 그리고 마지막으로 고흐의 주요 작품을 한데 볼 수 있는 암스테르담의 반 고흐 미술관을 방문하는 건 어떨까? 이견 없음!

지, 화가의 원풍경을 찾아다니는 여행을 계속하는 중이다.

이 여행은 내가 전부터 여행할 때 고수해온 방랑가 스타일과는 다소 다르다. 방랑여행일 때는 딱히 목적을 세우지 않고 바람 부는 대로 마음 향하는 대로 각 역에 내리는 식으로, 낯선 역에 불쑥 내려서 그대로 어슬렁어슬렁 낯선 동네를 걷다가 어느새 낯선 식당에서 낯선 아저씨와 마주보며 정식을 먹고 있는 느낌이지만, 그런 식으로 살던 화가는 없을 것이다.(아니, 있을지도 모르지만.)

아무튼 화가의 원풍경을 방문하면 방랑가 정신은 일단 보류하고 화가가 지나온 거리를 뚜벅뚜벅 더듬겠다는 마음으로 여행했다.

지금 내가 뒤쫓고 있는 것은 빈센트 반 고흐다. 아주 불안정한 인생을 보낸 사람으로 네덜란드, 벨기에, 영국, 프랑스 각지를 이리저리 계속 이동했다. 물리적으로 한 곳에 정착하지 않았다는 말이기도 하나, 실은 직업도 좀처럼 안정되지 않아 화랑의 영업직원, 선교사, 서점 직원 등으로 바지런히 바꿔가다 겨우 '화가'를 정조준한 때가 스물일곱 살이었다. 평생 고흐의 후원자가 되어 경제적으로도 정신적으로도 지원해준 동생 테오가 열여섯에 화랑 직원이 된 후 죽기 전까지 줄곧 갤러리스트였다는 점을 생각하면, 고흐가 화가로서 얼마나 늦게 피었는지 알 수 있다. 아니, 그는 결국 살아 있는 동안에는 꽃피우지 못했다. 생전에 그림이 단 한 장밖에 팔리지 않았다는 일화는 너무나도 유명한데, 그 한 장도 테오가 지인인 네덜란드 여성 화가에게 판 것이었다. 결국 고흐는 세상 사람들에게 평가받지 못한 채 겨우 서른일곱 나이로 생애를 끝냈다.

　　열여섯 살에 백부의 소개로 유명 화랑 '구필'의 헤이그 지점에서 사회인 경력을 시작한 고흐는 원래 미술에 대한 독특한 감각을 지녀 화랑 일을 하며 각지를 전전하는 와중에 점차 '화가가 되고 싶다!'는 마음을 키워갔던 듯하다. 그리고 놀랍게도 스물일곱에 본격적으로 화가를 목표로 삼은 이후 겨우 십 년밖에 활동하지 않았다. 더욱이 테오를 의지해 파리에 간 1886년부터 파리 근교 마을 오베르쉬르우아즈에서 스스로 목숨을 끊은 1890년까지 고작 사 년 남짓한 시간이 고흐의 원숙기라고 불리며, 더 들어가자면 파리에서 남프랑스 아를과 그 근교의 작은 동네 생레미드프로방스, 그리고 오베르에서 보낸 마지막 삼 년이 고흐의 그림이 정점에 이르렀다고 해도 좋은 시기다. 실제로 그의 작품집들을 보면 한눈에 알아볼 수 있다.

마지막 삼 년간. 남프랑스와 파리 근교의 작은 마을에서 대체 고흐는 무엇을 보고 무엇을 체험했을까. 이건 정말이지 가보는 수밖에는 없다.


8월 초, 아를을 목표로 고흐 순례여행을 시작했다.

아를은 파리에서 고속철도 테제베로 네 시간 정도. 때마침 바캉스시즌이라 파리의 거리는 사람이 적어 횅했다. "8월이 되면 바캉스시즌에 돌입하므로 파리에는 사람이 없어진다"는 말을 예전부터 들었는데 실제로 그랬다. 대체 모두 어디로 갔나? 싶었는데, 있었다. 있었다, 아를에! 이야 이건 뭐, 파리 시민 전원이 집결했나 싶을 만큼 아를의 중심부는 인파로 넘쳐나서 깜짝 놀랐다. '사람 엄청 많네!'가 아를의 첫인상이었다.

아를은 아득한 옛날, 고대 로마의 지배를 받던 시대가 있어 구시가 곳곳에 그때의 유적이 다수 남아 있다. 원형경기장이라든가 분수라든가 목욕탕 자리까지 남아 있어서, 무심코 고흐가 아니라 로마제국의 발자취를 더듬는 여행을 해버리게 될 정도로 볼거리가 가득했다. 그리고 아를에 발을 들여놓기까지는 아를의 거리가 이 정도로 풍부한 역사로 수놓아진 줄 전혀 몰랐다. 나는 정말로 단순한 고흐 덕후였다.

그러나 아를에 와서 처음 느낀 것은 그 강렬한 태양의 인상이다. 눈부시다. 빤짝빤짝 눈부시다. 눈을 뜨고 있을 수 없을 만큼 강한 햇빛. 고대 유적의 석조 건물이나 오래된 거리가 쏟아지는 강한 햇빛과 세월 탓에 하얗게 보이는 것도 눈부심의 한 원인이라 느꼈으나, 쨍쨍한 태양에 비치는 풍경과 늘 온몸을 내리쬐는 볕의 감각이 고흐의 그림에 큰 변화를 가져온 것이 분명함을 직감했다.

고흐가 태어난 곳은 네덜란드 남부의 작은 마을로 살풍경한 장소였다. 그 이후 전전한 곳 모두 그렇게 햇볕이 강렬한 장소는 아니었다. 파리나 런던은 도시로서의 화려함은 있어도 일조량은 그렇지 않다. 아를에 왔을 때 고흐 나이 서른다섯. 인생에서 처음으로 이 정도의 태양을 경험하며 단숨에 그의 예술의 개화가 진행된 것이다. 정말로 이런 건 와보지 않고는 알 수 없는 것이다.

빛이 넘쳐나는 따뜻한 풍토. 이곳에서 생활하는 사람들은 틀림없이 밝고 개방된 기질을 갖고 있었으리라. 아를 사람들은 외지인인 고흐를 흔쾌히 받아주었다. 모델을 고용할 경제적 여유가 없었던 고흐는 주위 사람들을 모델로 삼아 수많은 초상화를 그렸는데, 아를에서도 마찬가지였다. 아를 사람들은 파리에서 온 네덜란드인 화가의 요청에 상냥하게 응하며 포즈를 취했다. 아를에서 탄생한 초상화 중에 뛰어난 작품이 많은 데는 분명 그린 이유도 있었을 것이다.

애초에 고흐는 왜 아를에 왔을까.

화가로서의 출발 자체가 늦었던 고흐에게는 사실 강한 콤플렉스가 있었으리라고 나는 생각한다. 파리에서 터져나오던 새로운 예술 세례를 받고 '내가 세계를 바꾸겠다'며 열정을 쏟아내는 젊은 예술가들과 교류하면서 분명 그도 남들과는 다른 무언가를 하고 싶어 하고, 자신만의 표현을 찾고 싶어 했을 것이다. 그러려면 파리에서는 안 된다, 어딘가 다른 장소로 가지 않으면 안 된다는 초조함이 있지 않았을까. 즉 파리에는 너무나도 많은 우수한 화가들이 있으니 자신은 그 속에 파묻혀버리지 않을까 하고 말이다. 그래서 더욱 파리에서 멀리 떨어진 곳에서 새로운 모티브, 자신만의 표현을 찾겠다고 마음먹었다……는 건 어디까지나 나의 상상이지만, 아주 틀렸다고는 생각하지 않는다.

그리고 왜 아를이었는가. 동료 화가인 로트레크의 "아를이 좋다"는 속삭임도 이유의 하나였던 듯한데, 폴 고갱이 지방의 작은 마을 퐁타방에서 예술가 동료들과 퐁타방파를 만든 것을 모방해 자신도 동료를 불러들여 '아트 유토피아'를 만들고자 했던 것이 최대 이유였다. 이를 위해서는 파리에서 멀리 떨어져 있으며 기후가 좋고 매일 마음 편안히 그림 그리기에 힘쓸 수 있는 곳이 이상적이다. 그곳에 먼저 자신이 앞장서서 뛰어들어 좋은 작품을 많이 그려서 "어때, 멋지지!" 하고 동료에게 과시하며 부추기면 속속 동료들이 달려올 거라는 망상을 했을지도 모른다. 그런 생각 하나를 가슴에 품고 고흐는 아를로 왔을 것이다.

실제로 아를에 오고 몇 달간 고흐는 정말로 열심히 일했다. 닥치는 대로 넘쳐흐를 듯이 계속 그림을 그렸다. 〈아를의 도개교〉, 〈밤의 카페 테라스〉 등 고흐 하면 이 작품이지! 하는 수많은 대표작을 고작 몇 달 사이에 탄생시켰다. 네덜란드나 파리에는 없는 풍경과 그것을 비추는 강렬한 태양이 고흐의 마음을 막힘없이 자유롭게 만들어 그림 그리기로 향하게 했으리라.

그러나 고흐의 부름에 간신히 응해 아를로 온 화가는 겨우 단 한 명이었다. 고갱. 화가 친구의 방문을 고흐는 얼마나 기뻐했던가. 고갱이 온다! 하고 미친 듯이 날뛰었으며, 그로부터 또 수많은 명작이 탄생했다. 정말로 고흐는 눈물이 날 만큼 단순하고 순진하며 솔직한 사람이었다.

고흐가 그린 〈밤의 카페 테라스.〉 그 카페는 지금도 같은 장소에서 밤늦게까지 영업을 하고 있다. 한밤중에 그 카페를 찾아가봤다. 테라스 불빛이 포석이 깔린 거리를 밝게 비추고 칠흑 같은 밤하늘에는 별들이 보인다. 테라스 자리의 사람들은 와인을 마시며 담소를 나누면서 언제까지고 돌아가지 않는다. 고흐의 그림 그대로의 풍경. 그 장소를 바라보는 화가의 시선. 그 열정과 고독을 느끼며 나도 잠시 고흐의 풍경 속 일부가 되어 시간을 보냈다. 여기에 있고 싶다고 생각했다. 언제까지나.

1888년 예술가의 이상향을 만들겠다는 꿈을 품고 서른다섯 살의 고흐는 혼자서 아를로 왔다. "함께 아트 유토피아를 만들자!"는 그의 부름에 응한 사람은 겨우 한 명, 폴 고갱뿐이었다. 그럼에도 고흐는 얼마나 기뻐했을까. 고갱과 둘이서 세계를 바꾸겠다며 힘을 내어 평균 이삼 일에 한 장이라는 경이적인 속도로 잇달아 그림을 그렸다.

　아를 거리에는 고흐가 이젤을 세우고 그린 풍경이 여기저기에 남아 있다. 고갱과 동거생활을 한 '노란 집' 자리에 가보니, 그곳에는 묘하게 모던한 디자인의 초등학교 건물이 들어서 노란 집은 흔적도 없이 사라져 있었다. 그러나 그 바로 옆을 흐르고 있는 강은 〈론 강의 별이 빛나는 밤〉의 무대가 된

풍경을 아직도 남겨두고 있었다. 별들이 빛나는 어스레한 밤 하늘 아래 강가를 무심히 걷는 남녀의 모습이 그려진 서정적인 그림. 내가 방문한 건 한여름의 정오였는데도 다리와 강변의 모습은 그대로였다. 분명 밤에는 쏟아져 내릴 듯 별이 총총한 하늘이 강 위로 펼쳐지겠지.

고흐가 기다리고 기다리던 벗 고갱과의 동거생활이었으나 '엥?!' 싶을 만큼 싱겁게 끝나고 만다. 겨우 두 달 만에 고갱은 파리로 돌아가버린 것이다. 예술가 동지인 두 사람 모두 격한 기질이라 마찰이 잦았던 것일까. 그래서 일어난 일이 그 유명한 '귀를 자른 사건'이나.

고갱이 파리로 돌아가자 '아트 유토피아'는 결국 이루어지지 않은 꿈이 되었다. 절망한 고흐는 발작적으로 자신의 귀 일부를 잘라 단골 창녀에게 건네는 이상한 행동을 했다. 이 사건으로 경찰이 출동하는 소동이 일어나 현지 신문에서도 다루어졌고, 고흐는 아를의 정신병원에 반강제로 입원하게 되었다.

이 병원은 지금도 남아 있어 고흐 관련 전시를 하고 있다. '미치광이'라는 꼬리표가 붙고 만 고흐였으나 입원 중에도 그림 그리는 일을 멈추지 않았다. 머리에 붕대를 두르고서 파이프를 물고 있는 〈파이프를 물고 귀에 붕대를 한 자화상〉

은 고흐가 그린 수많은 자화상 중에서도 일찍이 유명해진 작품인데, 이 역시 병원 안에서 그린 것이다. 기이한 형태와 색을 띠며 물끄러미 이쪽을 통찰하는 듯한 눈빛. 자신의 눈을 바라보며 불우한 처지를 회피하지 않고 솔직하게 그린 이 작품은 '무슨 일이 있어도 계속 그린다'는 화가로서 고흐의 신념이 나타나 있어 소름이 끼칠 만큼 대단함이 느껴진다. 실제로 이 그림이 그려진 정신병원에 가보니 어딘지 모르게 살벌하고 쓸쓸한 장소였다. 이런 곳에서도 계속 그렸다니 싶어 강한 신념에 가위눌리고 말았다.

세 달 정도 아를의 병원에 입원과 퇴원을 반복하던 고흐는 그 이후 담당의의 권유도 있고 해 아를 근교의 작은 마을 생레미드프로방스의 수도원 부속 정신요양원으로 옮긴다. 이 경위가 또 장렬하다.

그 무렵 고흐를 경제적으로 지원한 건 파리에서 미술상을 하던 동생 테오였다. 테오는 형이 화가가 되기 전부터, 그리고 화가가 되고서는 더더욱 헌신적으로 형을 지원했다. 고흐는 테오의 지원에 보답하고 싶은 마음을 늘 지니고 있었지만 좀처럼 그러질 못했다. 결국 경찰이 개입하는 사건까지 일으키고 만 그는 남프랑스에서 평범한 정신을 되찾아 테오가 기다리는 파리로 돌아가기를 바랐다. 그러기 위해서는 오로지 그림을 계속 그리는 것 외에는 방법이 없었다. 생레미의 요양원에서는 재활치료의 일환으로 밖에 나가 그림을 그리는 것이 허락된다는 사실을 알게 된 고흐는 스스로 원해서 병원을 옮긴 것이다.

고흐의 시대에는 마차로 이동했을 아를에서 생레미로 향하는 길을 차로 달렸다. 그야말로 그린 듯한 시골 풍경이 펼쳐지며 먼 산들은 어딘가 낯익은 특징적인 모양을 하고 있었다. 고흐가 그린 풍경화 속에 등장하는 산들임을 도중에 깨달았다. 밀밭 일대며 하늘을 찌를 듯이 기세 좋게 자라는 사이프러스. 어떤 풍경에도 기시감이 있었다. 지금이야 삼십 분이면 도착하는 길이지만, 고흐는 흔들리는 마차 안에서 대체 어떤 생각을 가슴에 품고 갔을까.

고흐가 약 일 년간 입원했던 생레미 요양원 자리는 생레미 마을 변두리에 고요히 남아 있었다. 본래라면 진작 철거되었을지도 모를 만큼 아주 수수한 시설이다. 그러나 '고흐가 입원했다'는 이유로 참 얄궂게도 지금은 마을 제일의(라고 말해도 좋을 듯하다) 관광명소가 되어 있었다.

내가 도착했을 때는 폐관 한 시간 전이어서 한산했으나, 그래도 몇 무리인가 열성적인 '고흐 순례자'가 나와 함께 들어갔다.

문에서 부지 내로 이어지는 좁은 길을 따라 아이리스가 심긴 모습이 눈에 들어왔다. 꽃은 피어 있지 않았지만 뾰족한 잎이 무성하고 그 옆에 고흐가 그린 〈아이리스〉의 복제화 패널이 세워져 있었다. 언제였더라, 옥션에서 '천문학적' 가격에 낙찰돼 지금은 로스앤젤레스 폴 게티 미술관의 컬렉션이 되어 전 세계에서 사람들이 보러 가는, 바로 그 작품이다. 나도 몇 번인가 그 작품을 게티 미술관에서 본 적이 있는데, 격렬한 색채에 생명감이 넘치는 명백한 걸작이었다.

그 작품이 여기서 그려졌나 싶어 갑자기 가슴이 찡했다. 고흐가 이 장소에 도착한 때는 1889년 5월. 아이리스가 피는 계절이다. 참으로 조그만 한쪽 모퉁이에 흐드러지게 핀 아이리스를 이 병원에 막 도착한 고흐는 눈여겨본 것이다. 그리고 싱싱한 남색 꽃들을 모든 열정을 담아 그려낸 것이다.

이 세상 가장 자그마한 모퉁이에서 그려진 그림이 지금 전 세계 사람들에게 사랑받고 있다. 그 얄궂음과 행운을 나는 생각했다.

필시 고흐는 자신의 그림의 앞날을 확신하고 그린 것은 아닐 것이다. 단지, 그때 그러고 싶었을 것이다. 그뿐이었다. 그것으로 된 것이다.

화가의 벅차오르는 마음이 시간을 넘어 그 순간 내 가슴에

와 닿았다. 진정한 화가의 원풍경을 접한 다시없을 소중한
순간이었다.

'화가의 원풍경을 찾아서—고흐 편'이 뜻하지 않게 계속되어 나조차 깜짝 놀랄 정도이나, 이번이 마지막회다.

고흐는 삼십칠 년 생애의 마지막을 모국 네덜란드가 아닌, 또 의지하던 동생 테오와 함께 생활하던 파리도 아닌, 남프랑스의 도시 아를과 생레미드프로방스에서 보냈다.

가장 불우한 시기를 보낸 이 두 도시에서, 그러나 고흐는 화가로서 절정에 이른다. 현재 우리가 고흐라는 말을 듣고 "아, 그 해바라기 그림……"이라거나 "별이 빛나는 밤……" 또는 "험상궂은 얼굴의 자화상……" 하면서 떠올리는 '고흐적인' 작품 대부분이 아를과 생레미에서 그려졌다.

남프랑스의 두 도시를 방문해보고 나는 고흐가 철저하

게 궁지에 몰렸기 때문에 정체 모를 힘을 폭발시킨 게 아닐까 생각하게 되었다. 특히 생레미 시절의 고흐는 자신이 놓인 상황을 어떻게든 바꾸려는 것처럼 요양원 주변의 목가적인 풍경을 소재로 삼아, 사이프러스와 쏟아져 내리는 듯 하늘 가득한 별, 울창한 풀숲, 현란하게 핀 아이리스, 꽃이 핀 아몬드나무, 생명의 반짝임을 응축시킨 많은 걸작을 완성했다. 그런 상황에서도 아니, 그런 상황이었기에 고흐는 그렸다. 끝까지 그렸다. 그 진실은 120년 이상의 시간을 지나 그 땅을 찾아온 내 가슴을 격하게 두드렸다.

솔직히 고백하자면 나는 고흐라는 화가를 별로 좋아하지 않았다. 그림이 지나치게 격정적이랄지, 좀 무서운 느낌이 들어 '왠지 못 따라가겠다' 하며 멈칫거렸었다. 고흐의 그림은 그 강렬한 자기력으로 보는 이를 힘껏 끌어당기기도 하고 무섭게 만들어 밀쳐내기도 하는 것 같다. 그 아주 격한 아우라에 소심한 나는 주눅 들었던 것이다.

그런데 실제로 고흐가 말년을 보낸 지역을 찾아 당시 상황을 생각해보니 그가 얼마나 목숨 다해 그림을 그렸는지 잘 알 수 있었다. 친구는 떠나고, 주변에서는 이상한 사람 취급하지, 의지하던 동생은 마주할 면목도 없다. 그런 상황에서 자신이 할 수 있는 일은 그림을 그리는 것 말고는 없다. 반드시 건강해져 파리로 돌아가기 위해서라도 그림을 계속 그릴 테니 생활비를 끊지 말아달라는, 테오를 향한 필사적인 행동이기도 했음이 틀림없다. 살기 위해서는 그리는 것 외에는 도리가 없었던 것이다.

고흐가 요양한 생레미의 수도원—지금은 마을의 관광유산이 되어 보존되어 있다—을 방문한 나는 생각했다. 과연 내가 고흐였다면 어떻게 했을까? 굴복하고 그림 따위 그만두지는 않았을까? 그리고 두 번 다시 일어서지 못했을지도 모른다…….

그러나 고흐는 거기서 굴복하지 않고 좌절하지 않고 맹렬하게 그린 것이다. 한결같이, 정직하게, 목숨을 전부 던져서. 그래서 나는 겨우 '고흐는 대단하다!'는 결론에 이르렀다. 밑바닥에서 궁지에 몰렸을 때 오히려 창조력이 넘쳐흐르는 화가. 이런 화가는 고흐 말고는 없다. 아, 고흐! 비바 고흐!

이제야 깨닫다니! 오랜 고흐 팬에게 혼날 만하지만, 고흐 순례의 결과 내 안에는 확고한 고흐 사랑이 마침내 움텄다.


고흐 말년의 발자취를 따라간 나는 드디어 그의 종착지 오베르쉬르우아즈에 도착했다.

고흐는 생레미 요양원에서 일 년 정도 요양하면서 의사도 테오도 놀랄 만큼 왕성하게 창작했다. 생레미 시절에는 거의 백 점의 작품을 그렸다고 한다. 대략 나흘에 한 점, 초인적인 속도다.

이제 이곳을 나가도 되겠다는 의사의 허가를 얻은 고흐는 기쁜 마음에 동생 테오가 기다리는 파리로 돌아갔다. 1890년 봄의 일이다. 그러나 형이 남프랑스에 가 있는 동안 테오는 결혼을 하고 아들을 낳았다. 동생에게는 지켜야 할 사람이 있음을 납득했기 때문인지 어떤지는 모르지만, 고흐는 간신히 돌아간 파리를 다시 떠날 결심을 했다. 그리고 전위 화가들의 지원자를 사저하던 수집가이자 정신병원 의사 가셰 박사를 의지해 파리 근교의 작은 마을 오베르쉬르우아즈로 이주한다.

이 마을에는 고흐가 하숙했던 카페가 지금도 있다고 한다. 그리고 고흐의 무덤도. 정말이지 가보지 않으면 안 된다.

오베르는 파리에서 보통열차로 한 시간 정도 떨어진 곳에 위치한 작은 마을이다. 고흐가 인생의 마지막 나날을 보낸 마을에는 고흐의 '화제畵題'가 넘쳐났다. 거리를 걷다가 낯익은 정원을 맞닥뜨린다. 언덕길을 오르면 싸늘하게 맑은 푸른색으로 그려진 그 교회가 외따로 세워져 있다. 그리고 그가 마지막으로 그렸다고 하는 〈까마귀가 있는 밀밭〉. 폭풍의 기운을 머금은 듯한, 어딘지 모르게 불온한 색으로 물든 하늘, 바람에 술렁이는 황금색 밀밭. 그 위를 날아다니는 까마귀 떼. 뭔가 불길한 예감을 내포한 그림은 고흐가 권총으로 자신의 가슴을 쏘기 직전까지 그렸다는 그럴듯한 전설이 따라다니고 있다.

고흐가 자살을 계획하기 직전까지 보던 풍경을 보기 위해 나는 밀밭 두렁길을 걸어갔다.

내가 방문한 때는 가을이라 밀밭은 완전히 수확이 끝난 뒤여서, 시원하게 트인 푸른 하늘이 텅텅 빈 밭 위로 유유히 펼쳐져 있었다. 고흐가 이젤을 세우고 그림을 그린 지점은 두 밭두렁길이 교차하는 십자로였다. 교차한 두렁길의 한쪽은 어쩐지 농촌 외곽까지 이어져 있는 듯했다.

나는 그 밭두렁길을 잠시 똑바로 걸어보았다. 정중앙쯤까지 가서 걸음을 멈췄다. 그리고 돌아보았다.

저 멀리 석조 벽이 보였다. 그곳은 예전부터 있던 공동묘지였다. 고흐는 저 묘지를 등지고 밭두렁길의 십자로에 이젤을 세우고서 이 풍경을 그린 것이다. 머지않아 그 묘지에 자신이 매장될 거라고 그때 그는 예감했을까, 아니면 상상도 못 했을까.

왜 곧장 걸어가지 않았을까. 십자로에 이젤을 세우지 않고 그 길을 곧장 걸어갔다면 훨씬 다른 풍경을 봤을지도 모른다. 혹은 누군가와 만났을지도 모른다. 새로운 무언가를 발견했을지도 모른다.

하지만 고흐는 그러지 않았다. 십자로에 이젤을 세우고 그 이상 앞으로는 나아가지 않았다. 그것이 그의 운명이었던 것이다.

나는 여행 마지막에 고흐와 테오의 묘소를 찾았다. 고흐가 죽고 반년 후 뒤를 따르듯 테오 또한 천국으로 여행을 떠났다. 두 사람의 묘소는 싱싱한 상록의 담쟁이덩굴로 덮여 있었다. 아름답고 온화하며 평화로운 장소에 두 사람이 함께 잠들어 있었다.

고흐가 긴 여정 끝에 겨우 손에 넣은 평안. 나 또한 그 풍경에서 겨우 평안을 발견했다.

지금 일본 열도는 이상기후에 휘둘리고 있다.

예를 들면 이번 겨울의 이상한 따뜻함. 독자 여러분도 기억에 생생하리라 생각하지만 정확히 밸런타인데이 무렵 도쿄는 최고 기온이 무려 23도나 되었다고 한다. 이건 초여름이잖아?! 에이, 이건 밸런타인데이가 아니지, 가랑눈이 흩날리는 사이로 애인들이 어깨를 맞대고 "자 이거, 직접 만든 초콜릿과 직접 뜬 머플러." "우와, 날 위해 만든 거야?" "응, 뜨거운 내 마음을 담아……♡" 하는 날이잖아? 쨍쨍 내리쬐는 햇볕 속에서 "자, 이건 아이스초코! 시원하게 얼렸지롱♡" "앗, 차가워!" 이런 날 아니냐며 태양을 향해 딴지 걸고 싶어진다.

그러나 작년, 그리고 재작년 겨울은 일본 전국이 엄청난 눈으로 괴로웠다. 특히 재작년 겨울은 내가 사는 다테시나에서도 본 적 없는 눈보라를 기록해, 과장이 아니라 내 키만큼 눈이 쌓인 모습을 보고 정말로 겁먹고 말았다. 평소에는 눈이 내리면 신나서 마당으로 이리저리 뛰어다니는 애견 잼도 뛰어다니기는커녕 눈에 파묻혀 조난될 판이었다.

그랬는데 올해의 이 따뜻한 겨울, 이대로 괜찮나. 겨울은 역시 제대로 추워야 하는 것 아닌가? 지구온난화 문제에도 각국 정부가 더욱 진지하게 몰두해야 하는 것 아닌가?

이런저런 생각들을 곰곰이 하는데 엉뚱한 곳에서 터무니없는 최강 한파가 닥쳐왔다.


1월 하순의 주말, 나는 강연회 강사로 초대받아 사가와 후쿠오카를 방문했다. 사가에서는 현 주최 행사로 미술과 문학에 대해 이야기하기로 했고, 후쿠오카에서는 후쿠오카시 미술관에서 개최 중인 '모네전'의 기념 강연을 의뢰받았다.

최근 나는 미술 관련 강연회를 의뢰받는 일이 많은데 기꺼이 수락하고 있다. 좋아하는 미술에 대해 말하는 것이 큰 기쁨이며 독자들과 직접 만나는 일이 무엇보다 기쁘다. 더 얘기하자면 방랑가의 몸으로서는 강연회를 이유로 일본 각지로 여행을 할 수 있는 것도 감사하다. 일석이조, 삼조다.

그런데 신바람이 나서 사가에 간 나를 기다리고 있던 것은 '이번 주말 관측 사상 최대 한파가 규슈에 도래한다'는 뉴스였다. 강연회를 주최하는 사가현 담당자는 "혹시 폭설이 내려 관객이 모이지 않으면 어떻게 하죠?" 하면서 파랗게 질려 있었다. 그러나 나는 대수롭지 않게 웃어넘기며 내뱉었다.

"괜찮습니다. 제가 끝내주게 해를 몰고 다니는 여자입니다. 제가 가는 곳은 거의 날씨가 맑아요. 맡겨주세요!"

무엇을 근거로 이렇게까지 호언장담할 수 있는가 하면, 전혀 아무런 근거도 없지만 앞에서 말한 대로 나는 '태양 오퍼레이터'라 불릴 정도로 해를 몰고 다니는 여자. 쾌청까지는 아니더라도 어지간한 비는 멈출 자신이 있다. 그래서 아무렇지 않은 것이다. 괜찮은 것이다. 누가 뭐라 하건 무조건 괜찮다!

그렇게 사가에 들어간 다음 날 강연회는 보기 좋게 아슬아슬한 흐린 날씨로 비도 눈도 내리지 않았다. 사가현 분들에게 "역시네요"라는 감탄을 받고, "아뇨, 그 정도는……" 하면서 조금 우쭐해하는 나. 전혀 내 공적이 아니지만…….

그런데 문제는 그다음 날, 일요일 후쿠오카시 미술관에서의 강연회였다. '모네전' 개최와 연동해 모네의 작품과 인생,

그리고 졸저 《지베르니의 식탁》에 대해 이야기를 나눌 좋은 기회였다. 그런데 정말로 웃어넘길 수 없는 최강 한파가 다가오고 있는 듯했다. 시시각각 진격해오는 동장군과 어떻게 싸워야 하나. 음, 그렇다면 이곳은 각오를 하고서 차분히 도전하는 방법 말고는 없다(요약하면 아무것도 하지 않는다는 말이지만……).

후쿠오카에서는 오랜 친구인 오쿠보 미야코의 집에 묵게 되었다. 미야코는 원래 기타규슈 시립미술관의 큐레이터로, 후쿠오카시 미술관 큐레이터인 남편 야마구치 요조 씨와 두 아들과 함께 하카타에 거주. 후쿠오카에 갈 때마다 신세를 지고 있는데 그 이유는 미야코 집의 공기가 터무니없이 온화하기 때문이다. 온화한 이유야 많지만, 뭐니뭐니 해도 미야코 집에는 고양이 네 마리가 있다. 이 고양이들이 각자 마음대로 느긋하게 지내는 모습을 바라보고 있노라면 '아, 마감 어쩌지…… 에라 모르겠다'가 된다.

네 마리 고양이를 아주 예뻐하는 미야코는 굉장히 독특한 일을 하고 있다. 그것은 '책방 우리당'이라는 이름의 고양이 책 전문 온라인서점이다. 주로 고양이 관련 고서와 고양이 상품을 취급하고 있는 이 온라인스토어는 미야코의 고양이 사랑이 심해져서 2013년 2월 22일(고양이의 날)에 문을 열었는데, 전국의 고양이마니아에 의해 열렬한 지지를 받고 있다. 큐레이터 출신답게 미야코의 책이나 상품 선택은 예술적 감각으로 넘쳐난다. 그리고 미야코네 고양이들은 실은 애완묘가 아니라 우리당의 어엿한 직원이다. 그 움직이는 자태는 정말이지……. 미야코가 말하길 "저 녀석들 겨울이 되면 동아리활동 한다고 아침저녁으로 연습하느라 바빠"란다. 고양이 직원들은 아침저녁으로 난로 주위에 모여 빈둥거리는 일명 '난로동아리' 부원이기도 하다. 너무 부러운 동아리활동…….

이야기가 완전히 샛길로 빠지고 말았지만, 사가에서 강연을 끝낸 뒤 나는 후쿠오카로 갔다. 하카타역에 도착했을 무렵 때마침 눈이 소복소복 내리고 있었다. 그러나 나는 '뭐 괜찮겠지' 하고 우습게보았다. 미야코와 만날 약속을 하고 맛있다고 평판이 자자한(그리고 주인이 너무나도 과묵한 걸로 유명한) 초밥집으로 갔다. 점차 눈과 바람이 강해지더니 이윽고 심상찮게 내리기 시작했다. 한시라도 빨리 돌아가는 게 좋을 듯했다. 지나치게 과묵한 주인을 눈앞에 둔 카운터자리에 단 두 명의 손님, 웃음소리조차 낼 수 없었던 우리는 택시를 불러 서둘러 돌아갔다(그래도 초밥은 일품이었다).

눈이 계속해서 퍼붓는 와중에 미야코 집에 도착했다. 즉

시 절찬리에 저녁연습 중인 난로동아리 고양이 부원들과 뒤섞여 뜨뜻하게 난로를 쬐고 있는데, 미야코의 남편 야마구치 씨가 자못 걱정하는 표정으로 나타났다. 그러고는 "어쩌면 내일 미술관이 폐쇄될지도 모르겠네요"라는 게 아닌가. 뭐? 무슨 말이지?!

"정말이지 말도 안 되는 한파가 와서…… 미술관은 시의 시설이라 후쿠오카시 기준에 따라 폐쇄하는 경우도 있어요."

음, 과연…… 공공시설이니 시민을 위험한 상황에 처하게 할 수는 없다는 건가.

"그렇다는 말은 강연회도 취소……?"

퍼렇게 질려 내가 말하자,

"뭐, 그렇게 되겠지요. 미술관이 폐쇄되었는데 강연회만 할 수는 없는 노릇이니……."

지당한 대답이 돌아왔다.

대체 무슨 일이야. 이 정도의 사태를 만난 것은 방랑가 역사상 처음이다. 몇 년 전 뉴욕에 취재를 갔을 때 때마침 허리케인이 불어 닥쳐 맨해튼이 대정전이 됐을 때조차 내가 탄 비행기는 무사히 착륙했다. 폭설이 내린 러시아에서도 내가 탄 전철은 과감히 달렸다. 그랬는데……아, 그랬는데 후쿠오카에서 눈에 가로막힐 줄이야!

그런데 후쿠오카시가 미술관 폐쇄를 결정하는 기준은 뭘까. 적설량 30센티미터 이상이라거나 바람의 세기가 초속 몇 미터 이상이라는 것이려나? 해를 몰고 다니는 여자로서 위신을 걸고 눈보라 대책을 세워야 한다는 생각에 야마구치 씨에게 폐쇄 기준을 물었더니 너무 의외의 대답이.

"니시테쓰 버스의 운행 여부입니다."

후쿠오카의 주력 대중교통수단인 니시테쓰 버스와 미술관은 운명을 함께한다는 사실. 나는 난로를 쬐며 천장을 올려다봤다. 아, 니시테쓰 버스여, 제발 운행해주라. 강연회의 미래는 버스에 달렸다……!

다음 날 후쿠오카 시내에는 세찬 눈보라가 휘몰아쳤다. 그러나 미술관 문은 열렸다. 니시테쓰 버스가 착실하게 운행했기 때문이다. 그리고 무엇보다 대단했던 것은 후쿠오카 시민 여러분. 엄청난 한파에도 지지 않고 속속 강연회에 와준 것이다. 나는 깊이 감동했다. 그리고 130년도 더 전에 엄청난 한파가 파리를 덮쳤던 그때, 풍경은 시시각각 변화하는 것임을 깨닫고 독자적인 풍경을 만들어낸 모네에 관해 있는 힘껏 열의를 담아 이야기했다.

정말이지 이번만큼은 후쿠오카의 저력을 보았다. 그리고 밤낮으로 눈보라가 몰아친 하루 종일, 고양이 부원들은 오로지 동아리활동에 부지런히 힘쓰고 있었다. 그 모든 것이 잊을 수 없는 후쿠오카의 겨울전투였다.

여행히는 것도 좋아하시만 먹는 것도 좋아하는 나.

애초에 방랑여행의 시작은 오하치야 지린과 함께하는 식도락여행이었다. 이 책에서도 반복해서 등장한 어슬렁여행은 가볍게 시즌30 정도는 되었을 인기시리즈(우리 둘에게만 그렇지만……)로 성장했다. 일본 전국 방방곡곡을 방문하며 현지의 맛있는 음식을 즐긴다. 십수 년에 걸쳐 여기저기 돌아다니는 사이, 정신을 차리고 보니 47개 도도부현都道府縣 방문을 재패했기에 지금은 시읍면 단위로 진격하고 있다.

어느 동네건 그곳만의 명물음식이 있다. 전통과자, 현지의 식재료를 사용한 음식, 또는 그 지역 할머니가 고안한 B급 맛집…… 여기에 민속주를 넣어야 마땅하나, 실은 내가 술을 못 마시는 까닭에 안타깝게도 민속주의 즐거움을 놓치고 있다. 지방에 가서 현지 요리점에서 현지 명물을 먹으면서 현지 민속주를 즐기는 사람을 보면 부럽다.

그런 내가 인생 후반전을 걸고서 "여행을 한다면 이 '식문화'를 목적으로!"를 외치며 믿어 의심치 않는 것이 있다. '식사'나 '음식'이나 '맛집'이나 '맛있는 음식'이 아니라, 구태여 '식문화'라고 말하고 싶다. 왜일까? 그건 '그 지역의 이름을 내건 음식(또는 식재료)을 그 지역에서 먹는 것'을 여행의 목적으로 놓고 있기 때문이다. 그 땅이나 그곳에 사는 사람들이 시간과 역사와 좋은 작업으로 더욱 애지중지했기 때문에 탄생된 것. 이는 다시 말해 단순한 음식이 아니라 어엿한 식문화다. 음, 그런가, 과연, 그렇다.

어느새 혼자 묻고 답해버렸는데, 독자 여러분은 분명 대체 무슨 말이냐고 생각할 것이다. 즉 '스파게티 나폴리타나를 나폴리에서 먹는다'나 '텐진 덮밥을 텐진에서 먹는다'나 '햄버거를 함부르크에서 먹는다' 또는 '마쓰사카 소고기를 마쓰사카에서 먹는다' 같은 말이다. 그런데 '카레를 칼레(프랑스 도시)에서 먹는다'는 이에 해당되지 않는다. '인도 카레를 인도에서 먹는다'는 아슬아슬하게 해당되지만 조금 다른 듯한 느낌이다. 왜냐면 인도에서는 누구도 카레를 '인도 카레'라고 부르지 않으니까. 자, 어떤가요? 어떻게든 '식문화'라고 우겨대고 싶은 제 마음이 잘 전해졌나요?

뭐 여기까지는 '그 지역의 이름을 내건 음식'을 일부러 먹으러 그 지역에 가보고 싶다! 하는 먹보의 긴 변명이지만. 덧붙이자면 나는 좀 전에 말한 음식 모두를 먹으러 그 지역에 갔었다. 솔직히 말하면 마쓰사카 소고기 외에는 일부러 먹으러 간 것은 아니고 그곳에 간 이상 먹지 않을 수 없다, 꼭 먹어야 하지 않겠나 하고 마음을 먹었던 것이다.

그러나 지역 이름과 명물이 혼연일체가 된 음식이 있는 지역에서 그 음식을 먹는다(고 내가 쓰고도 무슨 말인지 모르겠지만)는 것이 때때로 '왠지 이거 이미지와 다르다'는 결론에 이르는 경우 또한 오랜 세월 방랑체험 중에 습득을 마친 게 사실이다.

예컨대 스파게티 나폴리타나를 나폴리에서 먹은 체험담.

스파게티 나폴리타나는 내가 좋아하는 3대 음식 중 하나로 꼽는다(나머지 두 가지는 무엇이냐 물으면, 매번 바뀌므로 지금 여기서는 들먹이지 않기로 한다). 아무튼 스파게티 나폴레타나. 아니, 그런 잘난 체하는 말투는 안 어울린다. 평소처럼 나폴리탄 스파게티라 부르자. 그 살짝 부드럽게 삶아진 면에 끈적끈적 휘감긴 케첩의 강렬한 오렌지색. 속재료는 양파와

(통조림)슬라이스 버섯. 햄의 핑크와 피망의 그린이 면의 산뜻함을 더욱 북돋운다. 은빛 타원형 접시에 수북이 담겨 위풍당당. 타바스코를 뿌리고 거기에 치즈가루를 사삭 두 번, 세 번 뿌린다. 케첩 향 가득한 온기를 빨아들이며, 잘 먹겠습니다! 여기까지 쓰고 나니 괜스레 먹고 싶어진다. 나는 어린 시절부터 이 '이른바 찻집 경양식 메뉴에 있는 정통파 나폴리탄'을 좋아해서 지금은 좀처럼 찾을 수 없는 찻집이 언젠가 완전히 모습을 감춰버리는 것은 아닐까 늘 걱정하고 있을 정도다. 그래서 '언젠가 본고장에서 나폴리탄을 먹어보고 싶다……'는 꿈을 그리고 있었다. 진심으로.

　그리고 마침내 그 기회가 찾아왔다. 사 년 전의 일인데, 친구 둘과 함께 개인적으로 나폴리로 떠나게 되었다. 말이 나온 김에 얘기하자면 나폴리 방문 전에 시칠리아를 갔는데 "시칠리아에 왔으니 어떻게든 〈시네마 천국〉의 촬영장소를 봐야 한다"고 떼를 쓰며 결국 친구들을 설득해 운전기사가 딸린 차를 대절해 어딘지 모르지만 아무튼 시네마 천국까지 데려다달라고 부탁한 결과, 여기저기 헤맨 끝에 하루가 걸려 진짜로 도착했다. 대체 어디였는지 마을 이름도 기억나지 않지만, 영화에 나오는 풍경이 그대로 남아 있었고 '시네마 천국 전시관' 같은 것까지 있었기에 틀림없다고 생각한다.

이야기가 심하게 벗어나버렸는데, 여하튼 우리는 시칠리아에서 나폴리까지 페리로 이동했다. 배가 곧 산타루치아 항구에 도착한다는 것을 알자마자 뱃머리 근처의 갑판에 진을 치고서 "산~타~루~치~아~산타~루치~아♪" 흥얼대는 내 가슴속은 신대륙을 발견한 콜럼버스마냥 춤추고 있었다. 마침내…… 드디어 나폴리탄 스파게티를 나폴리에서 먹는 날이 왔다! 필시 일본의 찻집을 능가하는 끝내주는 맛일 터, 어쩌면 나는 푸른 동굴[이탈리아 카프리 섬 해안에 있는 유명한 해식 동굴]의 포로처럼 이 땅을 떠나기 어려운 마음에 사로잡힐지도 모른다……. 오, 운명의 날이 결국 왔다!

자, 이제 기대하던 점심시간이다. 나는 친구들을 향해 "모처럼 나폴리에 왔으니 나폴리탄 스파게티를 안 먹으면 안 되지"라며 시칠리아 때와 똑같은 수법으로 설득에 나섰다. 친구들도 "모처럼 왔으니 먹고 싶네"라며 넘어왔다. 그리고 "어차피 먹을 거면 현지에서 가장 맛있는 나폴리탄 가게로 가자"는 상황이 되었다.

우선 체크인을 하고 호텔의 안내원에게 묻기로 했다. "여기에서 가장 맛있는 나폴리탄 스파게티 가게를 알려주세요!" 물으니 "나폴리탄 스파게티?" 하며 의아한 얼굴을 했다. 그러더니 "스파게티 알라 나폴리타나요?"라고 되물었다. 과연,

본고장에서는 그렇게 말하겠구나. "네네, 그거요 그거. 가장 맛있는 가게가 어디에요?" "어디냐고 물어도…… 주변에 널렸어요. 근처에 평판 좋은 레스토랑이 있으니 그곳에 가서 부탁해봐요." 어쩐지 무신경한 대응이었기에, 그런 곳에 가서 맛있는 나폴리탄, 이 아니라 나폴리타나를 먹을 수 있을지, 다른 곳에 가는 게 좋지 않을까, 일본에서 들고 온 가이드북에 의지하는 게 좋지 않을까, 일본인의 나폴리탄 네트워크 블로그를 검색하는 게 나을지도…… 하면서 잠시 기탄없이 의논하는 사이에 배가 고파져 결국 안내원이 추천한 레스토랑으로 가게 되었다.

현지인들이 모이는 소탈한 분위기가 몹시 나폴리스러워, 이건 좋은 느낌일지도 모른다며 기대가 높아졌다. 메뉴도 보지 않고 "스파게티 알라 나폴리타나, 프레고(부탁해요)!" 주문했다. "시(네)" 하고 직원이 싱거운 반응인 것이 또 신경 쓰였으나, 두근두근 설레는 마음으로 기다리길 몇 분. 두둥! 하얀 도자기접시에 고봉으로 담겨 나온 것은 본 적도 없는 녀석이었다. 납작한 파스타에 토마토소스가 툭! 그 위에 생토마토가 툭! 토마토 산이냐. 아니아니아니, 이건 아니지, 이건 나폴리탄 스파게티가 아니잖아? 왜 어째서? 나폴리면서?!

거의 울상을 지으며 먹은 스파게티 알라 나폴리타나. 그런데 이것이 의외로 맛있었다. 절묘하게 익은 알 덴테에 신선한 토마토의 달콤새콤함이 개운하니 맛이 깊었다. 뭐랄까 기쁜 듯하면서도 분한 듯한 복잡한 기분. 그러나 다 먹고 마음속으로 승부 판정을 내렸다. 물론, 찻집의 나폴리탄 쪽으로.

톈진.

이 두 글자에 내 가슴은 뭔가 애절함으로 가득해진다. 아니, 딱히 사랑이 깨진 장소라거나 청춘시절의 추억이 가득한 도시인 것은 전혀 아니다. 아쉽게도. 실은 톈진에 체류한 기간은 인생에서 고작 여섯 시간 정도다. 그러나 이 여섯 시간에 의해 톈진은 잊히지 않는 도시가 되었다.

앞에서 잠시 톈진 이야기를 꺼냈었다. 그렇다. '그 지역의 이름을 내건 음식을 그 지역에서 먹는다'는, 그거다. 스파게티 나폴레타나를 나폴리에서 먹는 것에 성공한 나는 다음은 반드시 톈진 덮밥을 톈진에서! 먹겠다는 야심을 불태우고 있었다.

그때 날아든 것이 "호화 여객선 크루즈 체험기를 집필해보지 않을래요?"라는 제안. 듣자하니 한국의 부산에서 출발해 중국 톈진에 기항했다가 그 후에는 규슈를 유람하는 크루즈라고 한다. 어디서 타고 어디서 내려도 상관없는 조건이라 모 출판사 편집자 고구마 씨(가명)와 나는 부산에서 타서 톈진을 경유해 하카타에서 하선하는 루트로 선상에서 4박 5일을 보내는 크루즈에 참가하게 되었다. 물론 크루즈 체험도 처음이라 흥미진진했지만 나의 숨은 목적은 톈진에서의 기항. 톈진 시내 반나절 관광 버스투어도 옵션으로 참가할 수 있다고 해시 사진에 신청해두었나. 톈신에서 톈신 덮밥을 먹을 기회가 오다니, 게다가 배로 상륙하다니 너무 드라마틱하다.

톈진에 도착하기 전에 우선은 크루즈다. 대형 여객선 첫 체험인 내게는 선상의 여러 가지가 하나하나 흥미롭게 느껴졌다. 먼저 그 규모. 거대한 여객선에는 온갖 것이 있다. 레스토랑, 카페, 바, 카지노, 게임센터, 온천수영장, 전속 서커스까지 있다. 미용실, 에스테틱, 헬스장, 요가교실, 영어회화교실, 병원, 영화관…… 거의 작은 마을이다.

그리고 이 여객선에 타고 있는 사람 수를 듣고 깜짝 놀랐다. 무려 삼천 명! 그중 오백 명이 직원. 그 말은 승객 다섯 명을 직원 한 명이 케어하고 있다는 계산이 된다. 어쩐지 일본 연금의 미래 같다. 노인 다섯 명을 젊은이 한 명이 부양하는 셈이 된다고 하니…….

식사는 세 끼 포함으로 버라이어티하게 풍성하다. 저녁식사 장소인 다이닝룸에서는 밤마다 드레스코드가 바뀐다. 오늘은 캐주얼, 내일은 스마트캐주얼, 주말에는 포멀. 그러나 이 드레스코드에 대해 각자 받아들이는 방식이 제각각인 것도 귀여웠다. 예를 들면 포멀한 디너인 날, 허니문으로 승선한 일본인 신혼 커플은 남편은 턱시도, 부인은 옷자락이 질질 끌리는 화려한 드레스로 나타나 마치 피로연을 한 번 더 하는 듯한 느낌인 데 반해, 중국인 가족은 전원 티셔츠와 반바지에 비치샌들 차림. 나와 고구마 씨는 포멀이라는 말을 들어도 어떻게 해야 좋을지 몰라 회사 동료의 피로연에 출석하는 수준의 어중간한 원피스 차림. 식사도 그렇지만 승객도 버라이어티하게 아주 풍성했다.

그리고 마침내 문제의……가 아니라 기대하던 톈진에 호화 여객선이 도착했다. 고구마 씨와 나는 승선할 때 신청해둔 '한국인 대상 톈진 버스투어'에 참가했다. 왜 한국인 대상인가 하면 톈진 관광을 희망하는 사람의 대다수가 한국인이기 때문인 듯했다. 어디까지나 어림짐작이지만, 승객 이천오백 명 중 이천사백 명은 아마 중국인일 것으로 생각되었다.

그리고 여든다섯 명이 한국인, 나머지 열다섯 명이 우리 일본인이다. 그래서 중국인은 톈진 관광에 흥미를 보이지 않고, 일본인 대상 투어는 사람 수가 안 모인다. 그래서 한국인 대상 투어. 이해할 만하다.

가이드를 포함해 마흔 명 남짓한 한국인과 섞여 버스를 타고서 가장 뒷자리에 자리 잡은 우리는 차 안에서 단 둘뿐인 일본인이었다. 덧붙여 단 한 명의 중국인은 버스 운전기사였다.

항구에서 톈진 시내까지는 고속버스로 한 시간 정도면 도착한다(고 가이드북에는 쓰여 있었다). 그리고 곧장 점심시간, 그 후 두 시간 징도 관광시간으로 되어 있었나. ㅗ누마 씨는 제한된 시간을 알차게 보내고자 가이드북과 씨름하면서 톈진 정보 수집에 열중하고 있었다. 그러나 솔직히 나는 관광에는 거의 흥미가 없었다. 그 대신 단 하나의 목적 달성에만 불타고 있었다. 그것은 당연히 톈진에서 톈진 덮밥을 먹는 것. 그 꿈의 시간까지 앞으로 육십 분. 톈진 덮밥을 향해 출격!

그런데 출발 직후 생각지도 못한 사고가 발생했다.

구릉구릉, 구릉구릉…… 아아, 심상치 않게 울려퍼지는 이 소리는 천둥소리인가? 아니다, 울려퍼지고 있는 것은…… 있는 것은…… 자…… 잠깐만 뭐야 이거, 배가…… 내 배가…….

웬걸, 하필이면 버스가 고속도로에 진입한 그 순간 믿기 힘들 정도의 복통이 덮친 것이다. 조금 전까지 아무렇지도 않았는데 왜 하필 이런 타이밍에…….

구릉구릉으로 시작한 복통은 점차 증폭되어갔다. 구릉구릉 꾸릉꾸릉, 구구구구구, 꾸꾸꾸꾸꾸거리는 게 이제 곧 눈사태가 일어날 듯하다. 온몸에서 핏기가 가시는 것이 느껴진다. 나는 졸도할 것 같아 숨이 막 끊어질 듯한 목소리로 고구마 씨에게 호소했다.

"고구마 씨, 어쩌지…… 배, 배가…… 아, 아, 파파파파파…….."

고구마 씨는 내 얼굴을 보더니 화들짝 놀랐다.

"저기 마하 씨, 얼굴이 새파래요! 괜찮아요?!"

아니, 전혀 안 괜찮다. 비상사태 발생이다. 기절이 먼저냐 터지는 게 먼저냐. 어느 쪽이건 그런 일이 벌어졌다간 큰일이다. 한중일 3개국 간의 우정에 금이 갈지도 모른다. 그건 안 된다. 그렇게 되어서는 결단코 안 된다. 안 되지, 암, 안 되지. 어떻게든 멈춰야 한다. 아, 그렇지만 정말로 정말로 진짜로 완전히 한계!!

그래서 고구마 씨가 천천히 한국인 가이드를 향해 "이 사람 배가 아파! 이 사람 죽어!" 같은 긴급사태용 일본식 영어를 말했다. 보통 일이 아니라고 판단한 가이드가 운전기사를 향해 중국어로 뭐라 말하자 돌연 버스가 급정지했다. 때마침 요금소에 들어선 타이밍에 멈춰주었다.

"×××, ××××!" 가이드가 뭐라 외치고 있다. 아무래도 "이쪽으로 가서 저쪽으로 가면 그쪽 방면에 화장실이 있어요!"라는 말을 하는 듯하다. 뭐가 뭔지 모르겠다. 하지만 내 안의 비상등이 맹렬하게 점멸하기 시작했다. 용사여, 겁내지 말고 가라! 고속도로를 가로질러서! 누구의 대사인지 전혀 짐작할 수 없지만, 아무튼 나는 버스에서 뛰쳐나와 맹렬하게 달렸다. 중국의 고속도로는 장난 이닌 너비에 차선이 열 개가 넘는다(그런 것처럼 느껴졌다). 엄청난 기세로 휙휙 오가는 트럭과 자동차 사이를 나는 돌진했다. 빛나는 내일을 향해, 가 아니라, 어딘가에 있는 화장실을 향해서.

그다음 일은 잘 기억이 나지 않는다. 정신을 차리고 보니 나는 고속도로 요금소 직원의 휴게시설인 듯한 곳에서 휘청거리며 나왔다. 그리고 벌벌거리며 다시 한 번 겨우겨우 고속도로를 가로질러 버스로 돌아갔다. 승객은 전원 불평 한마디 없이 기다려주었다, 라고 할지 아마 어쩔 도리가 없었던 것이리라⋯⋯.

그렇게 간신히 도착한 텐진의 레스토랑에 텐진 덮밥은 없었다. 톈진 덮밥이 일본에서 고안된 '일본식 중화요리'임을 알게 된 것은 그날 저녁, 여객선으로 돌아와 인터넷을 검색했을 때였다.

그날 이후로 톈진이라는 소리를 들으면 내 가슴이 애절함으로 가득해짐과 동시에 배가 구릉거리기 시작한다. 그렇게 톈진은 내게 잊히지 않는 도시가 되었다.

2016년 파블로 피카소의 걸작이사 세기의 문제작 〈세르니카〉를 둘러싼 이야기 《암막의 게르니카》를 출간했다. 한마디로는 표현할 수 없을 만큼 생각과 땀과 눈물과 결의가 담긴 작품이다.

피카소라고 하면 1881년 스페인의 지방도시 말라가에서 태어나 장수를 누리다 1973년 남프랑스에서 아흔한 살의 나이로 세상을 떠날 때까지 자유자재로 작풍을 바꾸며 서양 미술사에 회화혁명의 등불을 켜고 큰 파문을 일으킨 불세출의 예술가다. 예술에 전혀 흥미가 없는 사람이라도 '뭐가 뭔지 잘 모르는 그림을 그린 화가'라든가 '이름은 알고 있다'고 자신도 모르게 인식할 정도의 임팩트를 지니고 있다. 세계적인 인지도는 레오나르도 다빈치와 쌍벽을 이루지 않나 싶다. 〈게르니카〉를 듣고 선뜻 감이 안 오는 사람이라도 회화 작품을 보면 '어디선가 본 적이 있다'고 생각하지 않을까.

나는 사실 열 살 때 '마이 퍼스트 피카소'를 체험했다. 아버지를 따라 구라시키에 있는 이름난 미술관, 오하라미술관을 처음으로 방문했다. 당시 아버지는 미술전집 등을 판매하는 영업직원으로 오카야마에서 혼자 지내며 근무하고 있었다. 그래서 여름방학에 놀러 온 딸에게 "오카야마에 멋진 미술관이 있단다"라며 마치 자신이 미술관의 주인인 양 자랑스레 알려주었다. 내가 그림을 그리는 것도 보는 것도 좋아한다는 사실을 아버지는 잘 알고 있었기 때문이다. 생각해보면 이때 아버지가 신경 써서 나를 오하라미술관에 데려가주지 않았다면…… 《암막의 게르니카》는 탄생하지 않았을지도 모른다. 정말로.

오하라미술관에 한 발짝 들어서자 나는 크게 흥분했다. 샤반, 엘 그레코, 모네…… 여러 대단한 명화들이 나를 맞아주었다. 덧붙여 앙리 루소의 소품도 분명 컬렉션 중에 있었을 텐데, 아쉽게도 그때는 완전히 지나치고 말았다.

그리고 소녀였던 나는 한 장의 그림 앞에서 발을 멈췄다. 그 그림이 바로 피카소의 1925년도 작품 〈새장〉이었다.

작품을 처음 본 순간의 내 인상은 '뭐야 이거?!'였다. 제목을 봐서는 아무래도 새장과 그 속에 들에 들어 있는 새……를 그린 듯하나, 내 눈에는 '뭔지 모를 형편없는 그림'으로밖에 비치지 않았다. 오히려 미술공작에 자신 있던 초등학교 사학년의 나는 '내가 더 잘 그린다'는 생각까지 했다. 정말이지 아이란 지기 싫어하는 생물이다. 세계적인 피카소를 상대로 '내가 더 잘 그린다'며 아주 그냥 거만을 떨었다. 어디 그뿐인가, 그 이후로 한동안 피카소를 라이벌로 대했으니……. 이런 아이는 잘 없을 테지만.

그로부터 십 년쯤 흘러 나는 제2의 '피카소 체험'을 하게 된다. 스물한 살 생일날, 간사이가쿠인대학 삼학년이었던 나는 때마침 교토시립미술관에서 '피카소전'을 개최하고 있다는 사실을 알게 돼 '내 숙명의 라이벌의 전체적인 모습을 알 기회'라는 듯이 기운차게 나섰다. 전람회장에 들어가기 전까지는 피카소는 확실히 나의 라이벌이었다. 그러나 그곳을 나올 때 피카소는 내 인생을 이끌어주는 스승이 되어 있었다. 전람회에는 젊은 피카소가 화가로서 대성하기를 바라며 바르셀로나에서 파리로 떠난 뒤, 청색을 기조로 한 일련의 작품을 그린 '청색 시대'의 작품도 몇 점인가 전시되어 있었는데, 나는 이것에 완전히 녹아웃되고 말았다. 나와 별반 다르지 않은 나이에 이토록 슬픔이 감도는 내밀한 심정이 드러나는 작품을 그릴 줄이야…… 천재잖아! 하면서 겨우 정신을 차린 것이다. 참 빨리도 깨달았다.

그날 이후로 나는 피카소를 추종하기 시작했다. 피카소가 제목에 포함되어 있으면 그 전람회가 어디서 개최되건 보러 갔으며 피카소 관련 서적도 닥치는 대로 읽었다. 그리고 직장의 책상 앞 벽에는 잡지에 실린 스물네 살 피카소의 초상화 사진을 오려 붙여놓았다(후에 이 초상화 사진이 들어간 엽서를 발견해 지금껏 내 서재 책상 앞 벽에 붙여놓았다).

학창시절부터 앞으로 뭔가 창의적인 일에 종사하겠다고 마음먹었던 나는 언젠가 내 창작품─만화나 그림이나 소설이나 논문이나 전람회나, 그것이 무엇인지는 모르지만─에 피카소를 집어넣고 싶다는 꿈을 안고 있었다. 소설을 쓰겠다고 초점을 맞춘 것은 마흔이 지나서였는데, 이것도 저것도 '언젠가 피카소를 어떻게든 하고 싶다'는 생각을 줄곧 했기 때문이었다. 내 인생은 이렇게 피카소에 이끌려 지금에 이른 것이다.

내 인생에 피카소가 없었다고 생각하면 조금 무서울 정도다. 피카소가 없었다면 이렇게까지 미술에 흥미를 갖지 않았을 것이다. 그리고 소설을 쓰겠다는 생각도 하지 않았을 것이다. 즉 《방랑가 마하》라는 책을 내는 일도 없었을 것이다. 이런 생각을 하면 할수록 피카소의 위대함에 넙죽 엎드리고 싶어진다.

그리고 마침내 정면으로 피카소에 도전한 소설 《암막의 게르니카》를 완성했다.

오하라미술관에서 〈새장〉을 본 소녀시절부터 피카소를 의식하기 시작해 라이벌에서 스승으로 삼고 동경하는 마음으로 계속해서 좇다 보니 어느새 무려 사십 년 이상이 흘러 있었다. 스스로도 깜짝 놀랐다. 피카소의 끌어당기는 힘과 나의 십요함, 그 모두에.

《암막의 게르니카》를 쓰기에 앞서 나는 관례인 화가의 원풍경을 여행하는 취재를 감행했다. 2012년의 일이다.

피카소의 원풍경은 물론 스페인에 있다. 그중에서도 피카소가 태어난 도시 말라가에는 그때껏 간 적이 없던 터라 꼭 방문해보고 싶었다. 천재 화가를 낳고 키운 풍경은 어땠을까.

말라가는 스페인 남부, 알보란해에 인접한 항구도시다. 날씨가 화창해 녹음이 짙은 그림자를 드리우고 있었다. 길모퉁이의 카페나 바는 바람이 잘 통하게 활짝 열려 있으며 테이블에서는 무리를 이룬 사람들이 밤늦게까지 술을 마시면서 즐겁게 담소를 나누었다.

피카소 생가는 메르세드 광장 앞에 지어진 아파트였다. 딱히 고급 아파트의 느낌이 아니라 지극히 일반적인 집합주택이다. 이곳 이층에서 천재가 태어났다.

지금은 도시의 관광명소라 일층이 박물관 입구가 되었고, 이층은 피카소가 살던 당시의 상태로 복원되어 있다. 역시 딱히 이렇다 할 것 없는 실내로, 정확히 말하자면 검소한 느낌이다. 피카소의 아버지는 미술교사였다고 하니 그다지 유복한 가정은 아니었을 것이다. 그러나 피카소의 아버지는 아들의 예사롭지 않은 그림 재능을 일찍이 깨닫고서 '이 아이는 언젠가 나를 거뜬히 뛰어넘을 것이다' 하며 전율했다고 한다. 그래서 화가를 그만두었다고…… 전설에는 원래 이런저런 살이 붙기 마련이니 진실이 어떤지는 모르지만, 피카소가 아직 어렸던 유년시절에 그린 비둘기 그림들을 보면 아버지의 전율도 이해할 수 있을 것 같다. 정말로 지나치게 잘 그렸다.

나는 피카소의 생가보다도 오히려 눈앞에 있는 광장에 흥미를 느꼈다.

밝은 햇살이 찬란하게 쏟아지는 정방형 광장. 그 중심에 있는 분수 주변에 아이들이 모여 떠들어대고 있었다. 노인이 천천히 그 옆을 지나가고 비둘기가 떼 지어 이리저리 날아다넜다. 이 비둘기가 소년 피카소가 날마다 친하게 지내던 동물이다. 피카소는 비둘기 모습을 종이에 그대로 옮겼고, 바로 그것을 평화의 상징으로 삼아 생애에 걸쳐 수많은 작품에 등장시켰다.

만약 소년 피카소의 집 앞에 이 광장이 없었다면, 만약 비둘기와 가까이 지내는 날들이 없었다면, 어쩌면 피카소의 천재성이 나타나지 않고 끝났을지도 모른다. 그랬다면 나 역시 피카소를 만나는 일도, 소설을 쓰는 일도 없었을지도 모른다.

그렇게 생각하니 이 광장에 고마운 마음이 들었다.

오후의 햇살이 쏟아지는 가운데 아이들과 뒤섞여 비둘기를 뒤쫓아보았다. 소년 피카소의 환영과 함께.

영감.

이 말을 들으면 여러분은 무엇을 떠올리나요?

예를 들면 그것은 만남. 생각지 못한 곳에서 이 사람 인연인가 싶은 뜻밖의 사람을 만났는데 결국 결혼하게 되었다. 이런 유의 일은 꽤 일어나기 쉬운 일이지 않나. 교제하게 된 상대, 혹은 일생의 동반자가 된 상대를 만났을 때 '느낌이 팍 왔다', '뭔가를 느꼈다'는 일이 다들 한번쯤은 있지 않을까 하고 상상한다. 이 '팍'이나 '뭔가'의 감각이 영감이다.

이 이름 없는 감각, 하지만 틀림없는 감각에 이끌리듯이 사람은 살아가고 있는 게 아닐까…… 하고 요즘 나는 생각하고 있다. 아니, 적어도 나 자신은 그렇다. 어쩌면 내 인생의 모든 것이 영감이 향하는 대로 정해져 있는 게 아닐까 생각할 정도다. 예를 들면 점심때 '오늘은 파스타 기분!' 하고 번뜩이는 것 역시 충분한 영감 아닐까.

내 경우 영감은 여행할 때 찾아온다.

내 여행은 구 할이 영감에 이끌려 결정된다고 해도 과언이 아니다. 반대로 영감이 없는 여행은 진정한 여행이라 부를 수 없다.

이 책의 제목을 다시 보시라. 방랑가 마하다. 방랑가란 바꿔 말하면(어디까지나 자기 해석이지만) 바람이 부는 대로 마음이 가는 대로 떠나는 여행자를 가리킨다. 누군가와 실컷 미팅을 하거나 골프 접대를 하는 것은 방랑여행과는 관계가 없다.

내 안에서 '방랑여행=인스퍼레이션 트립'이다. 외국식으로 말하니 갑자기 세련된 느낌이 드는데, 아무튼 방랑여행과 인스퍼레이션 트립은 같은 말이다. 누가 뭐라 하건 내 독단과 편견으로 그렇다는 말이다.


사십대 전반 무렵으로 거슬러 올라가보면 궁극의 인스퍼레이션 트립을 체험한 일이 있었다. 이 여행이 내 인생을 결정지었다고 해도 과언이 아니다. 만약 이 여행이 없었다면 나는 소설가가 될 기회를 놓쳤을지도 모른다는 생각을 할 정도다.

그 당시 나는 모리미술관 설립 준비실을 퇴직한 후 프리랜서 큐레이터를 하면서 '컬처 라이터'라 자칭하며 예술 및 건축, 디자인 등 문화 전반에 관련된 주제를 총망라하는 글을 쓰는 일을 하고 있었다. 잡지의 예술 코너 및 전람회 소개 페이지 등을 부산스레 기고하다가 아무 이유 없이 '소설 같은 것을 한번 써볼까' 생각했다. 미술과 여행을 좋아했기에 미술에 관련된 소설을 언젠가는 써보고 싶다고 생각했으며, 미술에 관련된 이야기는 먼 미래로 제쳐놓고서라도 여행에 관련된 소설도 재밌어 보이는데…… 하면서 이런저런 망상을 해대며 혼자 히죽거렸다. 소설다운 글이라고는 한 글자도 써본 적 없으면서 소설을 쓸 마음만은 어디선가 솟아오르고 있음을 느꼈다.

어느 날 기고와 관련해 한 출판사로부터 "오키나와에 살고 있는 한 여성 기업가를 만나러 가보지 않을래요?"라는 말을 들었다. 들어보니 그 사람은 원래 지극히 평범한 직장인이었는데 술을 너무 좋아한 나머지 창업을 해서 오키나와산 럼주 제조·판매회사 사장이 되었다고 한다. 그녀의 이름은 긴조 유코 씨. 후에 나는 그녀를 모델로 한 오피스레이디 창업 분투기 《바람의 마지무》를 쓰게 되는데, 그 당시만 해도 그런 일은 요만큼도 상상하지 않았다. 다만 그때 어찌 된 영문인지 무슨 일이 있어도 오키나와 방면으로 가지 않으면 안 된다는 기분이 들었다.

출판사에서 "긴조 씨를 취재해줬으면 하는데 취재비가 안 나와서 자비로 갔다 오셔야 해요"라는 무리한 요청을 받았음에도 나는 오키나와행을 결심했다. 프리랜서 처지라 오키나와 출장 경비를 부담하는 것은 솔직히 힘들었다. 그래도 어떻게든 가야 했다. 방랑가의 본능이 "가라"고 계속 속삭이고 있었으니까.

그리하여 나는 오키나와로 향했다. 이것이 운명의 여행이 된 것이다.

긴조 씨와의 만남은 나하에 도착한 다음 날이라, 1박 2일이면 되겠다고 생각했다. 경비를 절약하려면 그러는 수밖에 없었다. 그런데 나는 오히려 '5박 6일간 정처 없는 여행' 쪽으로 방향을 틀었다. 당시의 내 지갑 사정을 생각하면 터무니없는 짓거리였다. 지금 생각해도 식은땀이 난다. 렌터카를 빌려 직접 운전해서 아무튼 갈 수 있는 곳까지 가보자고 결심한 것이다.

긴조 씨는 상상한 대로 활기찬 여자로, 그녀의 창업담도 대단히 재미있어 '이건 소설로 쓰면 재밌겠는데……' 생각하면서 인터뷰를 했다. 그리고 마지막으로 이렇게 질문해봤다.

"정처 없이 혼자 여행을 하려고 생각 중인데, 오키나와 어디로 가면 좋을까요?"

오키나와는 그때가 두 번째(처음은 친구들 따라 갔었다)였기에, 아는 것이 거의 없어 좌우 분간도 어려웠다. '정처 없는 여행'이라는 말을 듣고 긴조 씨는 "그럼 얀바루 쪽으로 가보면 되겠네요. 굉장히 예쁜 곳이에요"라며 알려주었다. 얀바루란 오키나와 본섬의 북부로, 바다도 있고 깊은 숲도 있는 장소인 듯했다. 가이드북을 넘겨보다(당시에는 스마트폰으로 편리하게 검색하는 일은 할 수 없었다) 분위기 좋아 보이는 민박집을 발견한 터라 일단 전화를 해서 방을 확보. 그곳을 향해 차를 달렸다. 렌터카에 꽤 원시적인 내비게이션이 탑재되어 있었던 듯한 기억이 있는데, 이리저리 헤매기도 하고 도중에 딴 데도 둘러보느라 목적지에 도착하기까지 예닐곱 시간 걸린 듯싶다. 점점 어두워져가는 숲속 길을 달리는 내내 참으로 불안했던 기억이 아직도 생생하다. 그래도 어떻게든 얀바루에 가지 않으면 안 된다는, 역시 강한 자기력에 이끌려서 겨우 숲속의 한 숙소에 도착했다.

숙소에서는 술이 엄청 센 남편과 마음씨 좋은 아내라는 그림 같은 '이상적인 민박집 경영자 부부'가 나를 맞이해주었다. 그날의 투숙객은 나 혼자뿐. "함께 마셔요"라는 남편분의 권유에 이웃 어부 아저씨들도 합류해 다 같이 산신을 켜며 떠들썩한 큰 잔치를 벌였다. 나는 이 술 취한 아버님들의 자기력에 이끌려 여기까지 온 걸까…… 싶어 즐거우면서도 씁쓸했다.

그런데 숙소 여주인이 "내일은 어디를 가나요?" 하고 물어왔다. 행선지를 정하지 않았다고 대답하자 "그럼 이제나 섬에 가보면 어때요?"란다. 얀바루에서 차로 한 시간 정도 걸리는 곳에 위치한 운텐 항에서 페리로 약 한 시간이면 갈 수 있는 외딴섬이라고 한다. 꼭 가보라며 강력 추천했다.

"뭐가 있나요?" 물으니 "글쎄, 뭐가 있으려나?"라는 여주

인. 사실 간 적은 없다고 한다. 그렇게 열심히 밀어붙여놓고 대체 뭐지 싶었는데, 그런 얼렁뚱땅도 애교로 받아들여지는 곳이 바로 이 오키나와다.

그때 술자리에 어울렸던 어부 가쓰오 씨(앞서 얘기한)가 "이제나라면 지인이 다이빙숍을 하고 있어요"라며 당장 그 자리에서 전화를 해주었다.

"아 여보세요, 응, 난데…… 도쿄에서 온 누님과 마시고 있지. 응, 그래서 말인데, 그 사람이 내일 네 가게에 가고 싶다네. 잘 부탁해, 그럼."

일방적으로 말하고는 통화를 종료했다. 나 아직 간다고 대답 안 했는데?! 게다가 이름도 안 알려주고서는…….

그렇게 해서 바람 부는 대로 마음 가는 대로, 여주인과 가쓰오 씨가 이끌어준 대로 이제나 섬에 가게 된 나. 운명의 만남이 그 섬에서 기다리고 있을 줄은, 그때는 아직 몰랐다.

바람 부는 대로 마음 가는 대로 오키나와로 떠나 민박집 여주인의 추천으로 뜬금없이 이제나 섬으로 여행을 이어가게 된 나.

외딴섬은 가본 적도 없으며 대체 뭐가 있는지도 모른다. 처음으로 이제나 섬이 어디에 있나? 하면서 가이드북을 확인해봤다. 그때 들고 있던 가이드북에 이제나 섬에 할애된 분량은 단 1페이지. 류큐왕국 국왕인 쇼엔 왕의 출신지이자 이제나 성터가 있다고 한다. 그 외에는 아름다운 이제나 해변이 있다. ……음, 관광명소는 확실히 많지는 않지만 방랑가적으로는 오히려 마음에 든다. 나는 가이드북에 실려 있을 법한 인기 많은 관광명소에는 조금도 흥미가 없다. 그래서 분명 이 섬은 방랑가 대상의 섬이다! 납득하고는 운텐 항에서 렌터카째 페리에 탔다.

유난히 맑은 가을 바다를 바라보면서 한 시간쯤 지나자 이제나 섬이 가까워졌다. 나는 갑판에 잠시 멈춰 서서 두근두근 밝은 예감이 마음속에 떠오르는 것을 느꼈다. 아무것도 없을지도 모르지만 이 섬에는 분명 뭔가가 있다. 아무런 근거도 없었지만 이상하게 그런 생각이 들었다.

페리가 항구로 들어간다. 그때 항구의 가장 눈에 띄는 곳에 걸려 있는 현수막이 시야에 날아들었다. '환영합니다, 반시뱀 없는 이제나 섬에.' ……오오! 이 무슨 신선한 구호인가! 오키나와에서는 반시뱀이 없는 것이 자랑거리인 모양이다. 확실히 반시뱀이 없다=안심하고 관광할 수 있다는 말이 된다. 이는 분명 오키나와를 여행하는 자에게 매우 기쁜 소식이다! 시작부터 축복받은 기분이 든다.

차에 올라타고서 자, 정처 없는 2박 3일 여행의 시작이다. 그렇기는 해도 일단 숙소는 전날 예약을 마쳤다. 가이드북에 실려 있는 예스러운 빨간 지붕의 민박집. 아무리 반시뱀이 없다고는 해도 역시나 노숙은 무리니까.

숙소는 항구 바로 근처에 있었다. 우선은 체크인. 오키나와스러운 단층집으로 문기둥과 지붕 위에는 시사가 놓여 있다. 정원 맞은편에 불단을 모신 방이 있고 모든 문(덧문)이 활짝 열려 있어 안이 훤히 보였다. "안녕하세요." 말을 걸어봤으나 아무도 나오지 않는다. 부재중인가. 아니, 그럴 리가 없다. 집이 활짝 열려 있지 않은가. 도둑이 마음대로 들락날락할 텐데.

잠시 기다렸으나 대답도 없고 아무도 안 나타난다. 이건 뭐 도둑도 도리어 들어올 마음이 사라지겠다. 하는 수 없이 짐을 차에 쌓은 채로 섬 탐방을 해보기로 한다.

달리기 시작하자마자 야트막한 언덕 위에 요새 같은 것이 보인다. 이제나 성터인가. 굉장히 영적인 장소라는 느낌이 매섭게 전해진다. 섬에는 사흘간 머물 예정이니 나중에 다시 방문하기로 하자.

그렇게 시원하게 관광명소를 지나쳐 향한 곳은 이제나 해변이었다. 왜냐고 묻는다면 이 해변에는 유일하게 내가 '어떻게든 써보자' 생각하고 있는 소설을 위해 취재할 수 있을 만한 인물이 있으니까. 전날 밤에 묵은 얀바루의 민박집에서 가쓰오 씨가 "이제나에 갈 거면 지인이 하는 다이빙숍에 연락해둘게요"라며 아직 갈지 말지 정하지도 않은 사이에 바로 전화를 해주었었다. 그런데 가쓰오 씨는 다이빙숍 주인에게 내 이름을 말하지 않았고 나 또한 가쓰오 씨에게 그 사람의 이름을 듣지 않았다. "내 소개라고 하면 잘 해줄 거요"라고 가쓰오 씨는 말했다. 그냥 그렇게 된 것이다.

민박집과 마찬가지로 "안녕하세요" 하며 기웃거려봤으나 역시 대답이 없다. 하지만 이쪽은 입구가 자물쇠로 굳게 잠겨 있었다. '열쇠가 없는 섬 이제나'면 어떻게 하나 싶었는데, 그건 아닌 듯했다. 오히려 안심하고 잠시 해변을 산책해보기로 했다.

때마침 태양이 서쪽으로 기우는 시간대였다. 이미 11월인데도 낮에는 여름의 기운이 있어 태양이 충분히 내리쬐어 꽤 더웠다. 그래도 저녁의 해변은 바닷바람이 시원해서 기분이 좋다. 수평선을 향해 천천히 석양이 진다. 반짝이는 바다를 향해 무심코 심호흡을 했다. 그 순간.

내 시야에 날아든 것은 한 마리 검은 개였다. 멀리서 봐도 래브라도리트리버임을 바로 알 수 있었다.

나는 개를 좋아해서 그 무렵 집에는 애견 골든리트리버 마치에이가 있었다. 여행지에서 산책 중인 대형견을 만나자 집에 있는 사랑스러운 딸 마치에이가 떠올라 '얼른 집에 갈게' 마음속으로 말했다. 그런데 오키나와에서는 여태 한 번도 대형견을 만난 적이 없었다. 얀바루 흰눈썹뜸부기[오키나와 섬 북부의 고유종 새]는 있어도 대형견은 없다. 그것이 오키나와일지도 모른다고 막 생각하던 참에 이제나에서 설마 하던 래브라도리트리버와의 만남. '대형견 없는 섬 이제나'가 아니었다. 기뻐서 나는 더욱 자세히 보려고 가까이 다가갔다.

래브라도는 주인으로 보이는 남성과 함께 놀고 있었다. 남성이 큰 산호 조각을 바다 쪽으로 던진다. 그러자 래브라도는 곧장 그것을 뒤쫓아 뛰어간다. 잽싸게 잠수했다가 다시 수면에 나타난다. 그 입에는 산호가 꽉 물려 있다. 물가까지 헤엄쳐 와 남성에게 산호를 건넨다. 그는 또다시 산호를 바다에 던진다. 개가 뛰어든다. 잠수한다. 물고 돌아온다. 또 던진다―는 놀이를 계속 하고 있었다.

래브라도는 원래 사냥개로, 사냥총에 맞아 수변에 떨어진 물새를 헤엄쳐서 회수해 오는 '작업견'으로서 애지중지 사랑을 받은 듯하다. 이 개는 틀림없이 그 역할을 충실히 하고 있었다. 회수해 오는 것은 물새가 아니라 산호지만, 나는 그 정도로까지 래브라도 본래의 특성을 드러내는 모습을 본 적이 없던 터라 잠시 넋을 잃고 보았다.

그러는 사이에 아무래도 말을 걸어보고 싶은 충동을 억누를 수 없었다. 남성은 언뜻 보기에 사십대 후반 정도. 평일의 이런 시간에 계속해서 개와 놀고 있다면 혹시 쇼엔 왕의 자손? 지체 높은 사람이려나? 엉뚱한 상상을 하면서 '위험인물은 아닙니다'스러운 미소를 지으며 나는 그와 개에게 다가갔다.

"안녕하세요" 말을 걸자 그을린 얼굴이 돌아보며 "안녕하세요" 웃는 얼굴로 대답했다. 안심한 나는 활짝 열린 호기심으로 말을 걸었다.

"조금 전부터 보고 있었는데 굉장하네요. 산호를 입에 딱 물고서 돌아오다니…… 똑똑한 멍멍이네요."

남성은 오키나와 사람으로 보이는 윤곽 뚜렷한 얼굴을 기쁘다는 듯이 실룩이더니,

"그럼요. 내가 던진 산호를 바닷속에서 반드시 찾아내 물고 온답니다. 대체 어떻게 찾는지. 물속에서도 냄새를 맡는 건지, 잘 모르겠지만."

하며 웃는다. 나는 유쾌한 기분이 들어,

"멍멍이, 이름이 뭐예요?"

별 생각 없이 물어보았다. 그러자,

"'카후'입니다."

한다.

카후……? 들어본 적 없는 말, 하지만 엄청나게 기분 좋게 들리는 이름이다.

"어떤 의미인가요?"

계속해서 물어보자 이런 대답이 돌아왔다.

"오키나와 말로 '행복' 또는 '좋은 소식'이라는 의미지요."

카후. 행복. 좋은 소식.

그 순간 뭔가가 퐁 하고 내려왔다. 뭐지, 뭔가 아주 '좋은 것'이 살랑살랑 내려앉는 듯. 그저 개의 이름을 들었을 뿐이다. 그런데 나는 직감했다.

오키나와의 외딴섬, 저녁놀 지는 해변에서 행복이라는 이름의 개를 만났다. 이 무슨 운명인가!

나는 이 일을 이야기로 만들겠노라 결심했다. 잊을 수 없는 순간이었다.

이제나 섬 체류 중, 나는 카후의 주인 나카 다미오 씨를 취재했다. 나카 씨는 쇼엔 왕의 자손이 아니라 고향 섬에서 카후와 생활하며 농사일을 하고 있었다. 섬의 전설이나 추억에 대해 다양한 이야기를 들을 수 있었다. 그리고 나는 카후를 산책시키기까지 했다.

2박 3일의 이제나 섬 체류를 끝내고 돌아오는 길, 오키나와 자동차도로를 달리는 내내 소설의 플롯이 계속해서 끊임없이 솟아나왔다. 놀랄 만한 영감과 기쁨으로 가득해진 채 나는 오키나와를 뒤로했다. 평생 잊을 수 없는 여행이 되었다.

카후와의 만남이 그 이후 내게 무엇을 가져왔는지는⋯⋯ 알고 계시는 대로다.

나는 늘, 항상 여행을 하고 있다.

이 원고도 파리에서 도쿄로 돌아오는 비행기 안에서 쓰고 있다. 이동하면서 또는 이동지에서 원고를 쓴다. 이런 작업 스타일이 완전히 몸에 배고 말았다.

정신을 차리고 보니 작가가 된 지도 어느새 십 년 이상이 지났다. 지금이야 내 담당 편집자들은 내가 늘 여행 중이라는 사실을 잘 알고 있어 세계의 어디에서 원고를 받아도 놀라지 않으나, 데뷔한 지 얼마 되지 않았을 무렵에는 "제가 늘 어슬렁거리고 있어서요…… '방랑가 마하'입니다"라고 변명하던 일이 떠올라 그리워진다. 지금은 방랑가 마하라는 호칭도 완전히 정착한 듯하다.

애초에 나를 방랑가라 부른 최초의 인물은 바로 나의 아버지였다.

"너는 항상 돌아다니는구나. 꼭 '방랑가 도라' 같다."

작가가 되기 전부터 항상 출장이나 여행 중이던 나를 보며 반은 기막혀 하고 또 반은 믿음직스럽다는 듯이 아버지가 그렇게 말했다. 방랑가 도라는 당연히 영화 〈남자는 괴로워〉 시리즈의 주인공, 아쓰미 기요시가 연기한 구루마 도라지로라는 인물로, 사람들에게 후텐 도라라 불린다.

야마다 요지 감독 〈남자는 괴로워〉 시리즈 1편이 영화관에서 상영되어 큰 인기를 얻은 게 1969년의 일이나. 나는 시토가 스크린에 등장한 기념비적인 1편을 영화관에서 봤다. 봤다라고 해야 할지 보게 되었다. 초등학교 이학년 때였다. 그리고 완전히 매료돼버렸다. 바람처럼 왔다가 바람처럼 사라지는 방랑가 도라. 너무 감동해서 영화관 매점에서 도라의 포스터를 샀다. 그리고 그것을 내 방에 붙여놓았다. 아이돌이나 애니메이션 포스터가 아니라 도라의 포스터를 자신의 방에 장식하는 초등학교 이학년. 너무나도 소박한 취향을 가진 아이였다.

'방랑가 도라'를 내게 보여주고 포스터를 사준 사람은 아버지였다. "좋아하는 곳으로 계속해서 나아가고 원하는 대로 살거라"를 가르쳐준 사람도 아버지였다. 즉 아버지가 내게 방랑의 씨앗을 심어준 장본인이었다.

아버지 역시 타고난 방랑가였다. 전쟁 전 만주에서 태어나 전후에는 책을 파는 영업맨이 되어 일본 전국을 여행하며 돌아다녔다. 내가 "어디어디에 갔다 왔어요"라며 선물을 내밀면 "아, 그 마을. 그립네. 영업하러 간 적이 있지" 하며 추억담을 들려주었다. 잘도 그런 곳에 갔었구나 하고 감탄할 정도로 지방의 작은 마을도 방문했었다.

그 아버지가 결국 영원한 여행길에 올랐다.

향년 구십 세, 평온한 마지막이었다고 들었다. 그때 방랑가인 나는 역시나 여행지에 있었다.


돌아보면 내 인생에 있어 중요한 것 대부분은 아버지에게 받고 배운 기분이 든다.

내가 미술과 친해지게 된 계기를 만들어준 사람도 아버지였다.

내 유년시절 아버지는 미술전집 영업 일을 했다. 1965년의 일이다. 지금처럼 컴퓨터로 클릭하면 며칠 내로 갖고 싶은 물건이 도착하는 일은 꿈이나 SF 세계의 이야기였다. 아버지는 전집 견본을 들고 전국을 누비며 학교나 가정을 방문해 "자녀분의 정서 교육에 어떨까요?"라면서 교사와 학부모들을 설득했다.

전집 대리점을 했던 우리 집에는 재고가 산처럼 쌓여 있었다. 세계 명화의 컬러 도판이 실린 미술서는 나의 좋은 놀이 상대가 되어주었다. 나는 자연스레 그림을 그리게 되었고, 마음에 든 그림이 있으면 그것을 전단지 뒤에 따라 그리곤 했다. 내가 태어나 처음으로 '이 그림 굉장하다'며 감동한 것은 레오나르도 다빈치의 〈모나리자〉였다. 필사적으로 〈모나리자〉를 전단지 뒤에 모사한 것은(그림 솜씨는 헤노헤노모헤지 ·ヘの·ヘのも·ヘじ [히라가나 글자를 눈썹ヘ·ヘ, 눈のの, 코も, 입ヘ, 얼굴 윤곽じ으로 하여 사람의 얼굴을 그리는 놀이]였지만) 분명 서너 살 무렵의 일이다.

그런 나를 보던 아버지는 '이 아이는 그림에 흥미가 있구나' 하고 받아들였을 것이다. 이따금 나를 미술관이며 백화점에서 개최되는 전람회에 데려가주었다. 화집뿐 아니라 실제 미술작품을 마주할 기회를 얻게 해준 것은 결정적이었다. 미술은 그 이후 나의 인생 친구가 되었으니까.

내가 초등학교 사학년 때 아버지가 혼자 근무하던 오카야마로 엄마와 오빠와 함께 갔었다. 아버지는 내게 "오카야마에 멋진 미술관이 있단다. 너는 무조건 마음에 들어 할 거야"라며(그런 식으로 기대를 높이는 서두를 떼는 것도 능숙했다) 한 미술관에 데려가주었다. 그곳이 오하라미술관이었다. 일본을 대표하는 사설미술관으로 수많은 걸작이 수집되어 있었다. 아버지의 예언대로 나는 완전히 이 미술관에 빠져버렸다. 앞에서도 말했지만, 그중에서도 충격을 받은 그림이 파블로 피카소의 〈새장〉. 이 작품 앞에서 나는 몸을 움직일 수 없었다. 충격을 받은 탓이다. '이런 서툰 그림이 미술관에 전시되어 있다니……!' 싶어서 말이다. 그리고 '내가 더 잘 그려'라고까지 생각하며 그 이후 피카소를 라이벌로 삼아 맹렬하게 그림을 그리게 되었다. 작작 좀 하라고 나 자신에게 충고하고 싶어지나, 아버지는 또다시 그런 나를 주의 깊게 관찰하며 '이 아이는 피카소에게 흥미가 있구나'로 이해했을 것이다. 어느 날 아침 아버지는 방에서 자고 있던 내 베갯머리에 서서 말했다. "일어나거라." 그리고 잠에 취해 있는 나를 향해 천천히 알려주었다. "피카소가 죽었단다." 나는 벌떡 일어나 곧장 거실의 텔레비전 앞으로 달려갔다. 아침 뉴스 방송에서 '피카소 사망'으로 보도되는 장면을 보며 아연실색했다. 피카소가 죽어버렸다…… 앞으로 누구와 싸워야 하나? 흡사 리키이시가 죽은 뒤의 조 같았다(참조: 《내일의 조》[복싱을 주제로 한 일본의 스포츠만화 《내일의 조》 주인공 야부키 조와 필생의 라이벌인 리키이시 도오루의 만남에서부터 숙명의 대결을 그린 작품. 국내에 소개된 제목은

'도전자 허리케인']). 피카소와의 만남과 이별의 순간에 아버지가 함께 있었던 것은 내게 의미 깊은 일이었다.

인생의 즐거움과 어른의 시간을 나누어준 사람도 아버지였다.

아버지는 굉장한 독서가였다. 시바타 렌자부로의 역사소설부터 만화 《고르고13》까지 가리지 않고 읽었다. 일부러 그랬다는 걸 지금이야 알지만, 관능소설도 게재되어 있는 문예지를 사서 아이의 눈에 띄는 곳에 방치했었다. 나는 아버지가 없는 동안 몰래 관능소설을 훔쳐 읽었다. 안 된다며 자신을 탓히면시도 두근데며 이른의 세계를 배웠다.

또한 아버지는 영화도 좋아해서 오빠와 나를 부단히 영화관에 데려가주었다. 아버지와 함께 본 영화 중에 잊을 수 없는 작품은 초등학교 육학년 때 본 〈모래그릇〉이다. 막바지에 이르러, 억울한 누명을 쓴 부모와 자식이 떠돌아다니는 회상 장면에서 나는 오열했다. 문득 보니 옆의 아버지도 감정에 북받쳐 울고 있었다. 사십대 아버지와 초등학생 딸이 나란히 앉아 오열. 지금 생각해도 웃음과 눈물이 동시에 북받친다.

그리고, 여행.

아버지는 항상 "그럼 다녀올게!"라며 나갔다. 그대로 몇 달이나 돌아오지 않은 적도 있었다. 가계는 언제나 어려웠으며 어머니는 외롭고 불안함을 느꼈을 것이다. 생각해보면 한 가정의 가장으로서는 꽤 무책임했다는 기분도 든다.

제멋대로에 자유분방한 아버지. 그래도 우리 가족은 이상하게 아버지를 미워할 수 없었다. 늘 돌아오기를 기다렸다. 돌아오면 아버지는 이런저런 여행담을 들려주었다. 그리고 내게 가르쳐주었다.

이 세상은 여행할 만하다, 좋아하는 곳에 가서 좋아하는 일을 하면 된다, 나는 네게 아무것도 해줄 수 없지만 자유롭게 하면 된다고.

방랑가 아버지가 마침내 본격적으로 여행을 떠났다.

아버지가 마지막으로 내게 해준 말은 "다녀와라". 곧 해외로 여행을 떠나는 나를 향해 침대 속에서 그렇게 말했다. 이미 자리보전하여 꼼짝도 못하던 아버지는 거의 이야기를 할 수 없는 상태였는데 쥐어짜내는 듯한 목소리로 말해주었다.

긴 여행이 될 것이다. 어쩌면 아버지를 만나는 건 이번이 마지막일지도 모른다는 두려움이 내 안에 있었다. 그러나 "다녀와라" 이 한마디가 내 등을 밀어주었다.

나는 아버지의 부고를 여행지에서 받았다. 아버지의 임종을 지키지 못했는데 희한하게도 후회는 없었다. 왜냐하면 나는 아버지의 격려로 여행을 나선 것이니까. 인생이라는 이름의 길고 긴 여행을.

아버지가 화장될 때 나는 마음속으로 속삭였다. 다녀오세요, 라고. 그 이외에 어떤 말도 떠오르지 않았다.

아버지의 위패는 어머니가 안고 유골은 오빠가 안고서 집으로 돌아오는 차에 탔다. 아버지의 영정사진을 안은 내가 뒷자리 문을 열었을 때 어디선가 잠자리가 날아왔다. 나는 놀라 손을 내밀었다. 그러자 잠자리가 내 손끝에 앉더니 그대로 가만히 있었다. 나는 잠시 잠자리를 쳐다보다 하늘 높이 날려 보냈다.

다녀와라.

그 한마디에 오늘도 역시 격려를 받으며 여행을 나선다. 내일도, 모레도, 앞으로도 주욱, 인생이라는 이름의 여행은 계속된다.


그럼, 다녀오겠습니다!

## 옮긴이 최윤영

자신이 전하는 글이 따스한 봄 햇살처럼 모든 사람들에게 가 닿기를 바라며 일본 서적을 우리말로 옮기는 번역가로 활동 중이다. 현재 소통인人공감 에이전시에 소속되어 있다.
옮긴 책으로는 《하나와 미소시루》《여리고 조금은 서툰 당신에게》《당신이 매일매일 좋아져요》《패밀리 집시》《직장인을 위한 7번 읽기 공부법》《아버지와 이토 씨》 《먹는 즐거움은 포기할 수 없어!》 등이 있다.

**방랑가 마하의**
## 어슬렁여행

**초판 1쇄 인쇄**  2020년 9월 23일
**초판 1쇄 발행**  2020년 9월 30일

**지은이**  하라다 마하
**옮긴이**  최윤영
**펴낸이**  임현석

**펴낸곳**  지금이책
**주소**  경기도 고양시 일산서구 킨텍스로 410
**전화**  070-8229-3755
**팩스**  0303-3130-3753
**이메일**  now_book@naver.com
**홈페이지**  jigeumichaek.com
**등록**  제2015-000174호

ISBN  979-11-88554-28-7 (03830)

이 도서의 국립중앙도서관 출판예정도서목록(CIP)은 서지정보유통지원시스템 홈페이지(http://seoji. nl.go.kr)와 국가자료종합목록 구축시스템(http://kolis-net.nl.go.kr)에서 이용하실 수 있습니다. (CIP제어번호 : CIP2019046253)